어느 날 속삭이는 소리가
들리기 시작했습니다

일러두기

이 책은 숨쉬는미디어교육자몽이 2020년에서 2021년까지 진행한 정신장애 당사자들과의 인터뷰를 기록한 것입니다.

어느 날 속삭이는 소리가
들리기 시작했습니다

숨쉬는미디어교육자몽 듣고 엮다

세상에서
이해할 수 없는
사람이 되었어요.

　용기 내서 이야기를 나눠주신 정신장애 당사자들 덕분에 우
리 사회가 정신질환을 가진 분들을 조금 더 이해할 수 있으리라 생
각합니다. 한 걸음 더 나아가, 정신질환이 발병하는 사회적 환경
을 파악하고, 발병을 유발하는 환경을 개선해 나가길 바라봅니다.
이 책을 통해 우리 모두가 정신질환을 알아가고, 정신장애 당사자
들을 이해하는 발걸음에 함께할 수 있기를 바랍니다. 용기 내 주신
당사자분들과 그 마음 전해주시느라 애써주신 모든 분께 감사드
립니다.

　　　　― 홍수민(정신장애 당사자 회복 시민 모임 '설악어우러기' 대표)

　저는 마인드라디오와 그동안 함께 했던 애청자입니다. 마인드
라디오와 함께하면서 같이 공감하고 울고 웃던 때가 엊그제 같은
데… 벌써 당사자분들의 이야기가 담긴 책이 나오네요. 그분들의
삶이 녹아있는 인터뷰를 읽으면서 공감도 되고 세상이 점점 변화
하고 있다고 느꼈습니다. 세상은 우리에 대해 모르지만, 이 미약

한 노력들이 세상에 작은 변화를 일으킬 수 있다고 저는 믿습니다.
많은 당사자분들이 이 책을 읽고 공감이 되고 힘을 얻어가셨으면
좋겠습니다. 마인드라디오, 자몽 화이팅^^

— 정해미(마인드라디오 애청자 및 후원, 정신장애 당사자)

곰돌이도 목소리를 내고 싶어해.
힘들지만 시간이 나를 편하게 하는
내가 나를 알 순 없지만 하는
공감을 주고 받으려 하는
말이 많은 나를 시원하게 표현할 수 있을까?

마인드라디오를 진행하는 분들(만드는 분들)과 이야기 나누며
함께 만들었던 노래의 가사입니다. 내 이야기를 하고 싶었던 그 마
음, 책《어느 날 속삭이는 소리가 들리기 시작했습니다》로 조금 더
시원하게 풀어내셨기를 기대해 봅니다. 어서 읽고 싶어요.

— 시와(가수)

보통 '정신장애인' 하면 동정 또는 연민의 대상이나 무언가 도움을 줘야 할 사람들이라고 보는 정서가 좀 있죠. 정신장애 당사자 분들이 집이나 정신 보호 센터에만 머물지 마시고 조금 더 사회와 세상에 맞닿을 기회를 스스로 찾는 것이 중요하다고 생각해요. 이 분들이 하는 이야기를 우리의 이야기, 나의 이야기라는 생각을 가지고 수평적이면서도 공감 어린 태도로 귀를 기울여 주시길 부탁 드려 봅니다. 저도 그렇게 하도록 하겠습니다.

— 임종진(사진 작가, 달팽이사진공방 대표)

편견과 낙인 때문에 서로 고립되고 폐쇄된 채, 외로워 살기 힘들다고 곳곳에서 절규하는 척박한 우리 사회에, 이 책이 작은 등불이 되면 좋겠습니다. 마인드라디오를 지원하는 유튜브 방송 '김정식의 노래 이야기'를 진행하면서, 얘기를 들어주는 것만으로도 위로와 의지가 된다는 당사자들의 목소리를 통해 귀한 깨달음을 얻습니다. 함께 하기 위해 장애인들은 경계를 넘어와야 하고, 우리 사회는 그 경계를 지워가야 합니다. 조금씩 더 힘을 내기로 해요. "너는 괜찮니?"라고 물으면 "아냐. 난 아직 괜찮지 않아"라고 말할 수 있도록 서로 한 걸음씩 다가서기로 해요.

— 크로스오버 듀오 메타노이아(김정식, 송봉섭)

부디 마인드라디오 방송국이 마음 아픈 분들의 기댈 언덕이 되어주고, 많은 위로와 기쁨을 전하는 나눔터가 되길 바랍니다. 정신장애인들의 인권옹호에도 힘을 실어주다 보면 관심 없던 이들에게도 의식의 변환을 가져오는 계기가 될 것이라 믿습니다. 모두가 주인공이 되어 마음의 숨겨둔 이야기들도 솔직하게 풀어내는 용기를 지니라고 초대하고 싶습니다. 열린 마음, 선한 눈길, 따듯한 손길로 계속 함께 해주실 여러분께도 감사드리며 기도로 응원할게요.

— 이해인(시인, 수녀)

방송인 배철수, 배우 정인기, 그리고 많은 분의 응원 고맙습니다.

늘 존재했고 여전히 존재하는,
우리 곁 그들의 이야기

정신질환자? 아니다. '정신질환 당사자'다. 정신질환, 특히 조현
병이나 양극성 장애와 같은 중증 정신질환 당사자들은 그동안 이
사회에서 보이지 않는 존재였다. 아니. 어쩌면 우리가 외면했던 존
재일지 모른다.

마인드라디오는 당사자들의 작은 소리에 가만히 마이크를 가까
이한다. '온에어' 등에 불이 들어오면 우리 곁 그들의 이야기가 시
작된다. 우리 모두가 그렇듯 당사자들 또한 삶의 흐름과 맥락 속에
있는 존재다. 그들에게는 어린 시절이 있고, 가족이 있고, 친구가
있다. 성장이 있고, 외로움이 있고, 아픔이 있다. 증상이 있고, 입원
이 있고, 약이 있다. 당사자의 언어는 리얼리티다. 병이 오기 전의
현실, 병이 오고 나서의 현실을 흐릿하면서도 또렷이 보여준다. 당
사자의 현실 속에 자리한 폭력은 우리를 무력하게 하고 한숨짓게
한다. 진료실에서 10~20분 만나서는 결코 볼 수 없는 당사자 분들

삶의 현장을 이 책을 통해 만난다.

책을 읽는 동안 당사자들을 만나는 의사로서 반성도 하게 된다. 당사자들의 얘기 속에 드러난 치료 과정의 부작용, CR, 우리의 치료는 치유로서 기능하고 있을까? 진료실에서는 생물정신의학의 미명 아래 당사자의 서사가 점점 지워져 가고 있다. 하지만 지우개로 지워도 흔적은 남는다. 이 책의 작업은 그 흔적에 촛불을 밝히고 이야기를 복구하는 과정이다. 그 시간은 우리의 가슴을 아리게 하고 미소 짓게 한다. 그리고 이 모든 이야기의 끝에서 그들의 꿈을 만난다.

마인드라디오가 계속되길, 우리 모두의 마음에 마이크를 대고 서로가 서로의 주파수에 귀 기울이길 간절히 바란다.

장창현(정신건강의학과 전문의)

용기 내어 먼저 내민 손,
이제 우리가 잡을 차례

조현병은 비로소 홀로서기를 시작할 나이에 발병하는 경우가 많습니다. 갑작스러운 변화는 본인뿐 아니라 가족들도 쉽게 받아들이기 힘듭니다. 제도적 한계와 사회적 편견, 부족한 인프라는 지속적인 치료와 재활을 더욱 어렵게 합니다. 시간이 흐를수록 사람들은 증상과 진단명에만 관심을 가지고, 그 삶의 이야기를 아는 사람들은 하나둘 환자 곁을 떠나게 됩니다.

부모님은 시간을 이길 수 없고, 형제들은 자신의 삶을 살아가기에도 바빠 뚜렷한 거처가 없는 환자들은 만성 병원에서 많은 시간을 보내게 되기도 합니다. 참 안타까운 일입니다. 그럼에도 많은 분들이 지금도 사회 곳곳에서 자신만의 이야기를 만들어 가고 있습니다.

걸어온 길, 지나온 삶에 관심을 갖는 것은 서로를 이해하는 첫걸음이 됩니다. 무언가를 이겨내는 힘은 언제나 누군가로부터 나

옵니다. 용기 내어 먼저 내민 손을 이제는 당신이 잡을 차례입니다. 바로 이 책을 읽으면서 시작될 것입니다.

팔호광장(정신건강의학과 전문의, 심리툰 작가)

정신장애인들의 이야기를
많은 사람이 들어줬으면 좋겠습니다

지하철 승강장에서 한 젊은 여성이 삿대질하며 싸우고 있었습
니다. 그 여성은 "나한테 왜 욕을 하나!"라며 소리를 지르더군요.
하지만 그 여성의 주변에는 아무도 없었습니다. 보이지 않는 누군
가와 싸우고 있던 거죠. 싸우는 소리가 승강장을 울려 시끄러웠습
니다. 주변에 있던 사람들은 화를 내기 시작했고, 입에 담기 힘든
욕을 퍼붓고, 손가락질하며 자리를 피했습니다.

우리는 참았습니다. 다른 사람들보다 참을성이 많아서 그런 건
아닙니다. 욕설을 계속 듣고 있으니 짜증도 났습니다만 '이해'할
수 있기에 참았습니다. 그 여성이 지금 환시를 보거나 환청과 대화
한다는 것을 알았거든요. 많은 정신장애인이 겪고 있는 증상 중에
는 환시, 환청이 있습니다. 누군가의 모습이 보이거나 목소리가 들
리는 거죠. 그 목소리가 하는 말에는 부정적인 내용이 많다고 합니
다. 정신장애인은 그것들에 대응하려고 소리를 크게 지르거나 행

동을 크게 하고는 합니다. 우리는 그 모습을 보면서 그들을 무서워하게 되는 거죠. 하지만 그 여성도 그저 온 힘을 다해 자기 자신을 방어하고 있던 겁니다.

10여 년 전 처음 정신장애인 대상으로 라디오 교육 제안이 왔을 때는 솔직히 망설였습니다. 장애인 인권에 관심이 많아 여러 활동을 했던 우리조차도 정신장애인들이 무서웠습니다. 많은 고민을 하며 정신장애인들을 만난 우리는 곧 부끄러워졌습니다. 그들도 우리와 다름없는 똑같은 사람이고, 사회구성원이라는 것을 직접 만난 후에 알게 되었습니다.

사회와 미디어에서 만드는 정신장애인에 관한 편견들은 쉽게 깰 수 없는 커다란 벽이었습니다. 정신장애 당사자들이 직접 편견을 깰 수 있는 환경을 만들어 내고 싶었습니다.

우리는 수많은 정신장애인을 만났습니다. 정신장애가 있어도 치료를 잘 받고 잘 관리하면 충분히 사회생활을 할 수 있습니다. 하지만 많은 정신장애인이 편견이라는 큰 벽 때문에 '아무것도 하지 못하는' 상태가 되어 버렸습니다. 정신장애인에게는 조금 더 많은 기회가 필요합니다. 사람들이 그들을 이해해 주기를 바랍니다. 관심을 두고 서로 알게 되면 이해라는 것은 자연스럽게 생겨납니다. 그래서 마인드라디오에서는 정신장애 당사자들의 목소리를 세상에 내보냈습니다.

그리고 그들의 더 깊은 이야기를 책으로 엮었습니다. 이 이야기
가 많은 사람에게 닿아서 벽이 조금씩 얇아지고, 줄어들기를 바라
는 마음입니다.

정신장애인들이 세상에 나와 사람답게 살았으면 좋겠습니다.

정신장애인들의 이야기를 많은 사람이 들어줬으면 좋겠습니다.

숨쉬는미디어교육자몽

차례

정아

나에게만 조명이 비췄을 때
너무나 짜릿했어요

저는 무대에 등장하기 직전에 숨을 고를 때, 그때가 제일 떨려요. '대사 까먹으면 어떡하지' 이런 걱정을 하다가 무대에 나가면 조명이 저를 비추잖아요. 모든 게 다 어두운 와중에 저만 밝게 빛나는 그 순간이 제일 짜릿한 것 같아요. 연극이 끝난 다음 아무도 없는 무대에 혼자 서 있었을 때 알 수 없는 감정들이 올라왔어요.

정아는 1981년생 여성이다. 얼마 전 개명하여 '욱이'에서 '정아'가 되었다. 2008년 환청이 들리기 시작하면서 편집형 정신분열증(조현병) 진단을 받았다. 처음 환청을 들었을 때는 초능력이 생겨서 텔레파시가 통하는 줄 알았다. 가족들은 힘든 시기를 보내고 있는 그에게 의지가 약하다고 말했다. 가족에게 도움을 받지 못해 한동안 그들을 미워하면서 방에서만 지냈다. 죽고 싶은 생각이 들 만큼 힘들어져서 병원을 갔고, 입원 후 치료를 받았다. 현재는 가족에 대한 원망이 옅어졌다.

평소에 특별히 할 일이 없어서 라디오 방송을 시작했다. 2016년부터 정신장애인 인권 방송 '10데시벨'에서 정신장애 당사자 라디오 방송을 했고, 2019년에는 마인드라디오에서도 활동하게 되었다. 처음에는 자신의 이야기를 하는 것이 부끄러웠지만 조금씩 재미를 느끼고 있다. 장애 당사자로 이루어진 극단에서 연극 활동도 하게 되면서 삶에 활기를 더하고 있다.

마흔이 되면서 독립에 대한 생각이 많아졌다. 얼마 전부터 방송 활동은 잠시 쉬고 다른 일을 하고 있다. 중요한 업무가 주어지면 부담을 느낄 때도 있지만 소속감이 생겼다. 맡은 일을 열심히 하고 미래를 계획하며 하루하루 살아가려고 한다.

저는 어머니랑 둘째 언니와 함께 서울에 살고 있습니다. 요즘 들어 셋째 언니는 농담 식으로 우리 셋을 504호 여자들이라고 불러요. 첫째 언니와 셋째 언니는 결혼하고 저희 집에서 10분 거리에 살고 있고요. 아버지는 2014년에 돌아가셨습니다.

둘째, 셋째 언니와 저 이렇게 셋은 친해요. 제가 첫째 언니와 11살 차이가 나거든요. 그러다 보니까 첫째 언니하고는 서먹서먹해요. 원래는 안 그랬던 것 같은데 결혼하고 나서 더 어색해진 것 같아요. 언젠가는 첫째 언니가 자기만 왕따 시킨다고 화낸 적도 있어요. 제가 보기에는 첫째 언니가 자기 가족들만 위할 때가 있는 거 같아요. 그리고 보통 인물은 셋째가 제일 낫다고 하잖아요. 우리 집도 셋째 언니가 성격도 제일 밝고 얼굴도 이쁜 거 같아요.

아버지는 결혼하면 안 되는 분이셨어요

저희 자매는 아버지를 가장이라고 생각했지만 사실 아버지를 좋게 보진 않았어요. 무엇보다 우리 엄마를 너무 고생시켰거든요. 두 분이 결혼할 때 이야기를 들어보니, 요즘 말로 하면 엄마는 사기 결혼을 당한 것 같았어요.

엄마는 무척 가난한 집안에 첫째로 태어나셨거든요. 그래서 매달 집에 생활비를 보내드리고 도와드려야 하는 상황이었대요. 어느 날 중매 서는 분이 공장에서 일하는 어떤 남자를 "이 사람이 없으면 공장이 안 돌아갈 만큼 중요한 직책을 맡은 사람"이라고 소개해 줬대요. 엄마는 처음 그 남자를 봤을 때 키도 작고 헤벌쭉한 표정도 너무 싫어서 만나고 싶지 않았대요. 그런데 중매선 분이 "너희 동생 안 밀어줄 거야(도와줄 거야)?", "그 남자가 좋다고 하면 무조건 오케이 해라"라고 해서 맘에 안 들어도 결혼했대요. 그런데 결혼하고 보니 공장에 다닌다는 것도 거짓말이었고 직업을 가진 적도 없었대요. 그렇게 결혼하고 나서 엄마가 고생이 너무 많았죠.

아빠에 대한 좋은 기억은 없어요. 엄마나 저희를 대할 때와 밖에서 사람들 만날 때가 너무 달랐거든요. 어느 날 길거리에서 아빠를 만났는데요. 누구와 이야기하면서 오는데 너무나 밝고 환하게 웃고 있는 거예요. 처음에는 그 사람이 아빠인 줄 몰랐을 정도였다니까요. 그때 본 아빠의 다른 모습이 너무 낯설고 기분이 묘했어요. 우리한테 한 번도 보여주지 않은 아빠의 표정을 보니까.

그래도 아빠와 함께한 추억이 있긴 해요. 제가 7살 때, 하루는 집에 저랑 아빠랑 둘만 있었던 적이 있었어요. 누워있는 아빠에게 "아빠 뭐해?"라고 하면서 손을 잡았는데 갑자기 아빠가 제 손을 잡고 우시는 거예요. 어린 나이에도 그 모습이 너무 의아했어요.

그리고 또 있는데요. 어렸을 때 아빠가 제 머리카락을 직접 잘라줬어요. 언제는 앞머리를 너무 짧게 잘라줘서 친척들이랑 서울대공원을 간 날 제 머리를 보고 친척들이 엄청 웃었던 게 기억나요.

아빠가 돌아가신 날은 정확히 기억해요. 12월 6일… 아빠가 원래 심장이 안 좋았어요. 의사 말로는 허혈성 심장질환이 있었대요. 아빠가 술과 담배를 많이 하셨거든요. 제가 새벽 두 시쯤에 화장실에 가려고 방을 나왔는데 아빠 방에서 '삐-' 하는 소리가 계속 들리는 거예요. TV 정규 방송이 끝나고 나는 소리요. 그 순간 뭔가 불길하다는 생각이 들어서 아빠 방에 들어갔더니 침대에 누워 있어야 할 아빠가 바닥에 누워 계셨어요. "아빠 일어나봐"라고 불러도 답이 없었어요. 그때 엄마는 셋째 언니네 집에 가 있었고, 옆방에서 자고 있던 둘째 언니를 깨워서 아빠가 돌아가신 거 같다고 했어요. 새벽에 경찰들이 왔는데, 사망 원인은 심장마비였다고 하더라고요.

지금도 안타까운 게 아빠가 밤 11시에 발작이 시작되었다고 해요. 골든타임이 4분이잖아요. '내가 좀 더 일찍 발견했더라면 아빠가 지금 살아있지 않았을까? 하는 생각이 가끔 올라와요.

어느 날인가 꿈에 아빠가 나타난 적이 있어요. 아빠가 환하게 웃으며 방문을 열고 들어오셨어요. 그래서 제가 "아빠 돌아가셨 잖아요" 그랬더니 "나 안 죽었어" 하면서 환하게 웃으시는 거예요. 잠을 깨고 나서도 잊히지가 않았어요. 왜 꿈에 아빠가 나왔을까 궁금하기도 했는데, 그래도 꿈속에서 아빠가 좋은 모습으로 나와서 다행이라고 생각했어요.

노는 걸 좋아하는 아이였어요

저는 어렸을 때 노는 걸 되게 좋아했어요. 어린 시절부터 당산 동, 영등포에서 쭉 살아서 동네 친구가 많았거든요. 유치원 끝나 면 동네에서 놀다가 밥 먹고 다시 나가서 놀고, 아침에 나가면 저 녁에 들어오고 그랬어요. 초등학교 때까지 그랬던 것 같아요. 학 교랑 학원 갔다 오면 놀이터에서 친구들을 만나서 노는 매우 활 달한 아이였던 거 같아요. 언니들은 제가 막내라고 함께 놀아주 지 않으니 주로 동네 친구들과 밖에서 밤늦도록 놀았어요.

"누구나 개구쟁이였던 어린 시절이 있었을 거예요. 눈뜨면 아침밥을 먹는 둥 마는 둥 친구들과 놀 생각에 들떠있었죠. 밥을 먹고 재빨리 옷을 갈아입고 동네 골목에서 친구들을 만나던 시절이 있으시죠? 전 동네 골목에 나가면 벌써부터 모여 있는 친구들 무리가 반가웠어요. 어린 시절 뭐가 그리 재미있었는지는 기억이 잘 안 나지만 친구들과 웃으며 뛰어놀던 그 시절이 가끔은 그리워져요. 참 순수하고 순진했던 어린 시절이었죠."

— 〈욱이와 함께라면〉 3화 '추억'
2020년 10월 16일 마인드라디오 방송

그러다가 중학교 2학년 때 사춘기가 심하게 와서 성격이 아주 내성적으로 변했죠. 집에서 혼자 있는 시간을 좋아했어요. 그때 일기를 정말 많이 썼어요. 그 시절 습관이 남아서 지금도 일기를 써요. 다이어리 꾸미는 것도 좋아하고요.

사춘기를 심하게 겪으면서 혼자만의 공간이 필요하다고 느꼈어요. 그런데 공간이 좁다보니 두 명씩 같은 방을 사용했고, 혼자만의 시간을 가지려고 하면 언니들이 문을 벌컥 열고 허락 없이 들어와서 그게 가장 큰 스트레스였어요.

마음을 터놓을 사람이 없었어요

사춘기 이후에 언니들과 속 이야기를 나눈 적은 없는 거 같아요. 주로 친구들과 고민을 나눴죠. 그러다가 중학교 때 별로 좋지 않은 친구들을 사귀면서 마음 터놓을 친구도 없었어요. 이때 아빠한테 처음으로 반항했어요. 아빠가 저를 버리자는 말도 했다고 나중에 엄마한테 들었어요. 제 반항이 아빠한테는 매우 충격적이었나 봐요. 언니들은 속으로는 아빠를 미워했지만 한 번도 아빠한테 대들거나 하지는 않았거든요.

언니들은 다 상업 고등학교에 가고 직장을 일찍 잡았어요. 우리 집이 그렇게 잘 살던 집이 아니었는데 저는 상업 고등학교가 아니라 인문계 고등학교를 가게 됐어요. 제가 학교를 다닐 때는 상업 고등학교보다 인문계 고등학교를 많이 가는 추세라 저도 자연스럽게 인문계를 선택했는데, 돌이켜보면 대학에 가기보다 빨리 커리어 우먼으로 취직했으면 좋았을 것 같아요.

중학교 때 너무 우울하고 내성적이어서 고등학교 때는 억지로 밝아지려고 노력했어요. 그때 사귄 친구들이 되게 많아요. 집에 같이 가는 친구, 점심 같이 먹는 친구, 영화 같이 보러 가는 친구, 글 쓰는 친구, 놀러 가는 친구 다 따로 있었어요. 한두 명의 친구와 모든 것을 같이 하는 게 아니라 이럴 때 이 친구랑 놀고 저럴 때 저 친구랑 놀고, 이렇게 친구를 사귄 거죠.

그렇게 학교에서는 친구들과 잘 지내다가도 집에 오면 많이 우울했어요. 사춘기 때 우울함이 남아서 그런지 마치 '가면 우울'처럼 밖에서와는 다르게 집에서는 상당히 피곤해하고 조용히 지냈어요.

그리고 대학에 갔는데요. 처음에 갔던 대학은 정말 재밌게 다녔어요. 맨날 놀러 다니고, 아르바이트하느라 바쁘게 지냈죠. 집에서 가까운 2년제 대학의 전산학과를 점수 맞춰서 갔는데 진짜 신나게 놀다가 F 학점을 맞기도 했어요. 그렇게 1년 동안 학점은 생각 안하고 놀다 보니 문득 그런 생각이 드는 거예요. '대학을 나와도 내가 뭘 할 수 있을까, 전문직도 아니고... 차라리 특색 있는 과로 가는 것이 낫지 않을까?'라는 생각이요. 그때 친구가 제가 간호사를 하면 잘 어울릴 것 같다고도 했고요. 그렇게 저는 간호학과로 편입했어요.

제 꿈은 호스피스 간호사였어요

편입한 학교는 집에서 멀어서 매일 등하교에만 6시간이 걸렸어요. 생각보다 수업이 빡빡하고 실습도 많았고요. 어머니는 좀 더 공부해서 서울에 있는 대학을 가면 좋지 않았냐고 하시더라고요. 그래도 저는 국가고시를 보고 간호사만 되면 내 인생이 풀리지 않을까 생각했거든요.

졸업 한 학기를 앞두고 '성인간호'라는 필수 과목에서 과락이 됐어요. 안일했던 거죠. '설마 과락 되겠어?' 하는 생각으로 수업도 두 번 정도 빠지고 시험도 잘 보지 못했어요. 객관식 시험인 줄 알고 준비했는데 막상 시험 보러 가보니 서술형이었던 거예요. 결국 F 학점을 맞아서 대학을 한 학기 더 다녀야 하는 상황이 된 거죠. 당시에 언니들과 사이가 안 좋아서 등록금을 빌릴 수도 없었어요. 그래서 엄마에게 도움을 청했는데 엄마도 지쳐 있었고, 결국 졸업 한 학기를 앞두고 대학을 그만두게 됐어요.

제 꿈은 호스피스 간호사였거든요. 호스피스 병동으로 실습 갔을 때 배에 복수가 차 고통스러워하는 어르신들을 보면서 마지막 가시는 길 행복한 기분으로 돌아가실 수 있게 제가 도와드리면 좋겠다고 생각했었어요. 그랬던 제 꿈이 좌절된 거죠. 처음에는 엄마를 많이 원망했어요.

대학을 그만두고 처음에는 콜센터에 들어갔어요. 거기서 몇 개월 일하다가 국가에서 운영하는 회계 관련 교육 프로그램을 듣고 경리로 취업해서 일하게 됐어요. 제가 제일 길게 일했던 회사는 1년을 다녔는데요. 나머지는 1년을 채우지 못하고 다른 데로 이직했어요. 자랑은 아니지만 진짜 회사를 열 몇 군데를 다녔던 거 같아요.

중소기업 경리다 보니까 잔심부름부터 전부 내 손을 직접 거쳐야 하는 일투성이잖아요. 커피 잔을 닦으면서 '내가 이걸 왜 해야 하나' 하는 생각이 많이 들었어요. 또 어떤 회사에 다닐 때는 그러면 안 되는데, 깜빡하고 회사 서랍을 안 잠그고 퇴근했어요. 그날따라 너무 바빠서 실수한 거죠. 다음날 출근해서 보니까 서랍 안에 있던 30만 원이 없어진 거예요. 성추행과 성희롱도 심했고, 회계 업무로 입사했는데 전화 응대까지 다 해야 했어요. 그러다 보니 이 일을 계속 해야 할지 생각이 많아졌는데, 좀 더 공부하는 것이 좋겠더라고요. 그래서 27살 때 일을 그만두고 세무사 1급 자격증 공부를 시작했어요.

솔직히 이 시기에 공부를 거의 안 했어요. 자꾸 지난 일이 생각나서 너무 억울한 마음에 공부가 안 되는 거예요. '졸업 한 학기 앞두고 간호대학을 그만두지 않았으면 지금쯤 간호사가 되어서 취업하고 병원에서 잘 나갔을 텐데' 이런 생각이 계속 들었어요. 그러다 보니 가족들, 특히 엄마에게 불만이 많았죠. 그래서 공부한다고 1년 동안 방에만 있으면서 가족들과 거의 대화하지 않았어요.

"처음 병원에 가던 날도 기억나네요. 환자복을 갈아입지도 못하고 한참을 울었어요. 폐쇄 정신병동 입원은 제 인생 중 가장 큰 사건이 었고, 받아들이기가 쉽지 않았습니다. 입원은 제가 병을 인정하게 되는 것이었으니까요. 주변에 환청으로 힘드신 분들이 계신다면 지 금부터 제가 하는 이야기가 도움이 되었으면 좋겠어요."

— 〈욱이와 함께라면〉 4회 '환청'

2020년 10월 23일 마인드라디오 방송

어느 날 속삭이는 소리가 들리기 시작했어요

처음에는 여자 한 명이 귀에 대고 소곤소곤하길래 '이게 뭐지? 내가 초능력이 생긴 건가? 텔레파시가 통하나?'라고 생각했는데 점점 그 목소리가 커지는 거예요. 나중에는 열 명 넘는 사람들이 귀 양쪽에서 떠들어 대는 것 같았어요. 그래서 일주일 동안 잠을 못 잔적도 있었고 3개월 동안 너무 괴로웠어요. 결국 방에서 나와 "귓속에서 소리가 들린다"라고 가족들에게 울면서 이야기했어요. 그렇게 정신과 병원에 갔고, 정신분열증 진단을 받아 한 달 반 동안 폐쇄 병동에 입원했어요.

처음에는 병원에 입원해야 한다는 사실이 믿기지 않아서 환자복으로 갈아입지도 못하고 침대에 앉아있었어요. 둘째 언니가 저를 안고 처음으로 울더라고요. 제가 정상이면 검사받고 곧 나오지 않겠냐면서 딱 한 달만 치료를 받아보자고 그러더라고요. 그 얘기를 듣고서 환자복으로 갈아입었죠.

처음에는 많아 봤자 약을 네댓 알 먹었어요. 그러다가 중간에 제가 다이어트 한다고 한 달 동안 약을 끊었더니 지금은 하루에 약을 15알을 먹어요. 이 약을 먹으면 하루에 10시간에서 12시간을 자도 졸려요. 부작용인 거죠. 그렇게 치료받으면서도 계속 경리 일을 했어요. 그런데 어느 날 회사에 출근했는데 너무 졸린 거예요. 그래서 잠깐 책상에 엎드려서 눈을 붙였는데 지나가는 사람이 저보고 "피곤한가 봐요"라고 지나가듯 이야기하더라고요. 출근해서 아침부터 엎드려 자고 있는 모습을 보면 사람들이 뭐라고 생각할까 하는 생각에 직장을 그만두고 파트타임으로 가끔 일했죠.

저에게 조현병은 가슴에 맺힌 '한恨' 같아요. '한'이라는 개념은 우리나라에만 있어서 외국 사람들은 무슨 뜻인지 완전히 알 수 없다고 하잖아요. 저에게 조현병은 그런 것 같아요. 아무리 설명해도 알 수 없는 한 같아요. 뭔가 묵직하고 지긋하게 누르는 느낌, 가슴에 돌을 내려놓는 느낌이라고 해야 할까요. '이 병만 없었으면 지금쯤 행복하게 살고 있지 않았을까', '결혼하고 아이도 있지 않았을까' 하는 생각에 되게 속상해요.

가족에게 받은 상처가 제일 기억에 남더라고요

발병하고 나서 맞은 명절이었어요. 셋째 언니가 전을 부치러 왔는데 갑자기 "아우, 저 미친, 사이코 같은 년이"라고 말하는 거예요. 방에서 그 소리를 들었는데, 제가 들을 줄 몰랐나 봐요. 제가 쳐다보니 셋째 언니가 손으로 입을 가리더라고요. 그때 되게 상처받아서 방에서 울었어요. 셋째 언니랑 5살 터울로 나이 차이가 가장 적으니까 언니들 중 가장 친했거든요. 방도 같이 썼고요. 언니는 제가 발병하기 전에 결혼했어요. 그전에는 결혼하고도 저를 잘 챙겼는데 제가 발병하고 나니까 형부 눈치를 봐서 그런지 언젠가부터 벽을 쌓는 거 같았어요.

그리고 또 엄마가 청소하면서 혼잣말로 "내가 저런 미친 정신병자를 낳아가지고..."라고 하셨어요. 가족에게 받은 상처가 제일 기억에 남더라고요.

지난 2월, 엄마 생신이었어요. 지방에서 사는 이모와 사촌 언니 모두 함께 서울에서 식사를 했어요. 근데 그 이모의 딸들, 그러니까 사촌 언니들은 잘살았어요. 공부도 잘했고 직장도 좋은 데에 들어갔어요. 자식이 잘되면 부모님은 체면이 서잖아요. 둘째 언니가 "너는 머리가 아프고 나는 결혼을 못 했는데 이모가 오면 엄마가 얼마나 또 속상해하실까"라고 하면서, "너 식당 가운데 앉으면 친척들이랑 마주 앉아서 싫지? 그러면 내가 구석 자리로 빼놓을게"라고 하더라고요. 식당에 가보니까 제 자리를 구석 자리로 빼놓은 거예요. 저는 좋았어요.

"병원에 입원을 하고 언니들은 매주 일요일에 저에게 면회를 왔어요. 맛있는 음식 이것저것 챙겨서 가져오고 언젠가는 만화책도 구해 가져다주었어요. 지금 생각해 보면 정말 가족에게 많이 받았던 것 같아요. 아직까지도 고맙고 미안합니다.

하지만 저는 2008년 10월에 발병한 이후 지금까지 4번의 입원을 했는데요. 제가 입원하는 횟수가 늘어가니까 가족들은 더 이상 제게 면회를 오지 않았어요. 서운하고 속상했지만 가족들마저 저를 단순히 정신병을 앓고 있는 동생으로 생각하여 오지 않았던 것인지 마음이 아팠습니다.

그리고 퇴원해서는 언니들은 저를 투명 인간 취급하기 시작했어요. 같이 거실에서 TV를 보며 함께 있어도 저에게는 말을 시키지 않고 자기들끼리만 대화했죠. 따뜻한 시선, 위로조차 없었고 제가 원래 없는 사람인 양 눈길 한번 주지 않았어요. 무엇보다 저는 다정한 대화가 하고 싶었는데 언니들은 철저히 저를 무시하며 제 곁을 스쳐 지나가기만 했습니다."

— 〈욱이와 함께라면〉 5화 '가족'
2020년 10월 30일 마인드라디오 방송

이번 생은 망한 것 같아요

친구가 어느 날 저에게 물었던 적이 있어요.

"너는 다시 과거로 돌아간다면 언제로 가고 싶어?"

가만히 생각해 봤어요. 나는 간호대학 다닐 때, 기말고사 시험 전으로 돌아가고 싶은 걸까? 그런데 저는 아예 중학교 때로 돌아가고 싶더라고요. 그리고 인문계 고등학교가 아니라 상업 고등학교를 선택했을 것 같아요. 만약에 상업 고등학교에 갔다면 평범한 커리어 우먼으로 지금쯤 평범하게 살아가지 않았을까 하는 아쉬움이 들어요. 그런데 사실 잘 모르겠어요. 항상 엄마가 "네가 그때 상업 고등학교를 갔었어야 했는데…"라고 했던 말이 머리에 박혔나 봐요.

이번 생은 너무 꼬이고 꼬여서 리셋하고 싶어요. 내가 이런 병에 걸리지 않았었더라면, 그때 이런 선택을 했었더라면… 하지만 인생은 되돌아갈 수 없잖아요. 한 번 살면 쭉 살아야 하는 거고. 요즘 엄마를 보면 '내가 잘되었으면 엄마가 아무 걱정이 없으실 텐데' 하는 생각을 많이 해요.

엄마는 언니들을 상업 고등학교에 보내고 회사 들어가게 되면 스스로 돈 모아서 시집가라고 했어요. 근데 저한테만 생활비 낼 필요 없고 사회인이 되면 차 뽑아줄 거라고 그랬어요. 언니들한테 그런 이야기를 했는지는 잘 모르겠지만 저한테만 했던 이 야기 같았어요. 엄마는 저를 그렇게 생각하는데, 저는 형편이 넉 넉한 것도 아니고 사회적으로 지위가 있는 것도 아니니까 엄마 한테 해 드리고 싶은 것들을 못 해 드려요. 오히려 제가 아프니까 사람들한테 엄마가 무시당하고 엄마의 인생에 도움이 되지 못하 는 게 괴로운 거 같아요.

그래서 제가 언젠가 한 번은 죽어야겠다는 생각으로 메모지 에 '엄마 미안해', 이렇게 써 놓고는 문래공원에 갔어요. 열려 있 는 아파트 아무 데나 가서 11층으로 올라갔는데 창이 크게 나 있 는 거예요. 거기로 울면서 뛰어내리려고 하는데 너무 무서운 거 예요. 다른 게 아니라 죽으면 너무 아플까 봐... 무엇보다 아픈 게 제일 싫은 거예요. 얼마나 아플지 겁이 나서 죽으러 갔는데도 못 뛰어내렸어요. 그래서 자는 것처럼 편안하게 갈 수는 없을까 고 민하다가 존엄사를 생각하게 되었어요. 울면서 집에 돌아왔더니 경찰이 와 있더라고요. 엄마가 쪽지를 보고 신고하신 거예요. 경 찰이 제게 그러지 말라고 했던 기억이 나요.

당사자 활동이 한 줄기 빛이 되어줬어요

정신장애 당사자 활동을 하게 되어 너무 좋았어요. 당사자 활동을 안 했더라면, 그 기쁨을 몰랐더라면 어땠을까요. 아무 일도 하지 않고 하루 종일 집에만 있으면 하루하루 시간이 가는 게 얼마나 허무해요. 그런데 당사자 활동은 하고 나면 결과물이 보이니까 뿌듯하죠. 앞으로도 계속하고 싶어요.

당사자 활동 중에서 연극이 제일 재미있었던 것 같아요. 연극을 어떻게 시작하게 됐냐면 어떤 연극에 실제 정신장애 당사자가 필요하다고 해서 미현 언니가 연결해 줬어요. 미현 언니는 정신장애 당사자 인권 방송 '10데시벨'에서 만나서 친해진 언니예요. 그렇게 한 작품을 같이 하고 그걸로 끝일 줄 알았는데 또 배역이 있으니 해보지 않겠냐고 연락이 왔어요. 그렇게 인연이 닿아 꾸준히 하게 됐어요. 연기하는 일이 너무나 재밌고 보람차서 극단 단장님께 메시지를 보냈어요. 연극을 할 때가 제일 행복하다고, 극단에 들어가고 싶다고 그랬어요. 어떻게 이야기가 잘 되어서 함께 해보기로 했어요. 아직 정식으로 단원이 된 건 아니지만 기회를 보고 있어요. 극단에 정신장애 당사자는 저밖에 없고요. 신체가 불편하신 분들이 있는 장애인 극단이에요.

저는 무대에 등장하기 직전에 숨을 고를 때, 그때가 제일 떨려요. '대사 까먹으면 어떡하지' 이런 걱정을 하다가 무대에 나가면 조명이 저를 비추잖아요. 모든 게 다 어두운 와중에 저만 밝게 빛나는 그 순간이 제일 짜릿한 것 같아요. 연극이 끝난 다음 아무도 없는 무대에 혼자 서 있었을 때 알 수 없는 감정들이 올라왔어요.

어느 날은 공연에 가족들이 온다고 하니까 머리가 하얘지는 거예요. '잘해야 할 텐데 어떡하지, 어떡하지' 하고 걱정했는데 다행히 잘 끝냈어요. 언니와 엄마가 어디 있는지 아니까 연극을 하면서도 슬쩍슬쩍 봤어요. 그런데 너무 재밌게 웃으면서 보고 계신 거예요. 그때 기분이 너무 좋았어요. 정신장애 당사자를 연기했을 때 어땠냐고 물어봤더니 별 기대 없었는데 생각보다 재밌었다고 하셨어요.

연극이 끝나고 커튼콜을 하잖아요. 그때가 너무 행복해요. 환호하는 사람들 얼굴이 보여서 정말 좋아요. 제가 두 번째로 공연했을 때는 조카들이 왔어요. 저한테 막 박수 쳐 주더라고요. 즐거웠어요.

엄마의 인생에 관한 책을 쓰고 싶어요

저는 저희 엄마 인생에 관한 책을 쓰고 싶어요. 엄마가 돌아가시기 전에 에세이로 '엄마에 관한 이야기'를 담고 싶어요. 그리고 그 책을 엄마가 꼭 읽었으면 좋겠어요. 딸이 바라본 엄마 인생의 굴곡이 있잖아요. 엄마는 이런 일이 있었고, 이런 생각을 했고, 이렇게 마음이 아팠던 거라고... 이렇게 엄마를 기억하고 존중하는 딸이 있다는 것을 보여주고 싶어요. 그래서 엄마의 인생이 그렇게 힘든 삶만은 아니었다고 말해주고 싶어요. 엄마를 토닥토닥 위로해 줄 수 있는 책을 만드는 게 최종 목표예요. 그 책을 읽고 나서 저한테 어떤 이야기를 해줄까 궁금해요.

제가 왜 이런 생각을 했는지 이제 좀 더 명확해졌어요. 지금까지 엄마한테 이런 생각을 숨기고 있었다는 생각이 들어요. 제가 아플지언정 이런 일도 하고 있고 저런 일도 하면서 계속 발전하고 있다는 것을 보여주고 싶어요.

저는 아무리 가까운 친구라도 어떻게 지냈냐는 물음에 "그냥 그래"라고만 말하는 사람이었어요. 어렸을 때 있었던 일은 그냥 함축해서 이야기하고 말았거든요. 근데 이렇게 처음으로 어렸을 때부터 지금까지의 이야기를 하나하나 풀어보는 것 같아요. 엄마, 언니들, 친구들한테도 이런 식으로 이야기해 본 적 없거든요. 그래서 저 스스로 치유가 되는 시간이었어요.

제 자신을 찾고 싶어요

엄마가 너는 20살 넘으면 독립할 거라고 했으면서 왜 커서는 독립 안 하냐고 그래요. 저는 나가서 스스로 사는 것에 대한 두려움과 혼자인 것에 대한 걱정이 있어요. 나이는 먹었지만 제대로 성장하지 못했다는 생각이 들어요.

저는 엄마에게 너무 깊이 영향을 받아서 엄마의 시선으로 세상을 보는 것 같아요. 제가 고민이나 걱정이 있을 때면 엄마가 명쾌하게 해답을 주시거든요. 그러니까 자꾸 의지하게 돼요. 엄마의 말을 적절히 듣되 나를 잃지 않는 방법을 찾아야 할 거 같아요. 저도 제 자신을 찾고 싶어요.

둘째 언니가 저한테 무슨 말을 했냐면요. "너나 나나 가정이 없는데 엄마가 돌아가시면? 이미 혼자 생활할 수 있으면 각자 돌아갈 곳이 있지. 근데 그러기 전에 엄마가 돌아가셔서 살 곳을 구하고 무언가 결정을 내리는 게 얼마나 큰 차이인지 아니? 비참하게 살지 않으려면 그걸 알았으면 좋겠어"라고 했어요. 엄마가 돌아가시기 전에 저 혼자 이뤄낸 것이 있다면 훨씬 마음이 편할 수 있겠구나. 엄마가 돌아가시고 나서 누구랑 살아야 하지, 어디 가서 살아야 하지 막 우왕좌왕하지 않도록 준비해야겠다고 생각했어요.

'내가 스스로 잘할 수 있어'라는 마음이 아니라 가족이 이끌어 주는 대로 좇아가는 거 같아요. 그래서 제가 독립을 하고는 싶은 데 아직은 가족의 울타리가 편한 거죠. 나이도 많이 먹었는데 왜 이렇게 의존적으로 살았을까요. 되돌아보니 '스스로 울타리를 만들어야 한다'는 생각이 들었어요.

결혼한 친구들은 친정에 무슨 일이 생겨도 마음은 슬프지만 가정이 있어서 당장 내 생활이 흔들리는 건 아니잖아요. 근데 미혼 자식은 부모님께 무슨 일이 생기면 많이 흔들린단 말이에요. 나만의 가정이 있고 내가 소속되어 있는 울타리가 있다는 게 부러웠어요.

이렇게 나눈 이야기들이 독립하기 위한 신호탄이 될 거 같아요. 맨날 생각만 했거든요. 언제든지 이용시설이나 고시원으로 나갈 수 있다고 생각했는데 계속 못 나가고 있잖아요. 이제 실행해야겠다는 마음을 먹게 되었어요.

"누구도 나를 욕할 권한은 없어요. 저는 환청이 심했을 때 길도 못 다녔어요. 환청에 피해망상까지 심했었거든요. 길을 걷다 보면 카메라 셔터 소리가 들려서 누군가가 나를 찍고 있다고, 가족의 혼을 쏙 빼버린 적도 있었어요. 길거리에서 낯선 사람들의 한마디를 나한테 하는 소리인가 착각하기도 했고요. 다 지나고 생각해 보니 정신병적 증상은 내가 얼마나 현실에 치중하느냐가 가장 중요한 것 같아요. 같은 시간에 밥을 먹고 운동을 하며 여가 시간을 보내는 것 그리고 잘 씻고 약을 꼬박꼬박 챙겨 먹는 것이 제일 중요해요.

현실을 떠나지 마세요. 현실에서 생활을 하고, 나의 모습을 객관적으로 바라보는 것이 도움이 될 거예요. 당부드립니다. 환청은 사실이 아니에요! 절대 환청에 휘둘리지 마세요."

— 〈욱이와 함께라면〉 4화 '환청'
2020년 10월 23일 마인드라디오 방송

○ 기록자의 말 – 굴레에서 벗어나 자유와 긍정의 삶으로

권우정 · 김지혜

정아 님을 인터뷰하기 전에 마인드라디오에서 잠깐 만났던 적이 있었다. 인터뷰 전에 얼굴을 익히는 시간이었다. 정기적인 라디오 방송 녹음을 마친 후였는데, 그는 녹음이나 대본 작업 과정에서 매우 적극적이면서도 꼼꼼했다. 방송을 매우 책임감 있게 이끌어 가고 있다는 인상을 받았다. 당사자 활동을 오래 하면서 쌓은 노하우가 있다는 생각이 들었다. 잠깐의 대화에서도 매우 긍정적이고 밝은 에너지가 느껴졌고 이후 진행될 인터뷰에서도 매우 뚜렷한 시선으로 자신의 삶에 관한 이야기를 풀어갈 것이라 기대했다.

몇 번의 인터뷰 과정을 거치면서 첫인상과 달리 엄마의 울타리에서 살아가는 그의 모습을 마주했다. 정아 님은 엄마에게 인정받고 무대에서 조명을 받는 배우로서의 삶을 기대하고 있었다. 한편으로는 발병 후 엄마에게 떳떳하지 못한 딸이 된 것 같아 이번 생에 미련이 없다며 존엄사로 삶을 끝내고 싶다는 양가감정이 있었다.

3번의 만남 동안 그에게 가장 많이 들었던 말은 "엄마가 그러셨어요"였다. 정아 님의 삶의 선택과 기로에는 늘 엄마가 있었다. 그리고 엄마의 결정, 혹은 판단이 자신의 삶을 판단하는 가치 기준이 되었다는 것이 느껴졌다. 이미 오랜 기간 정아 님은 '엄마의 끈끈한 울타리' 안에서 엄마의 시선으로 자신과 세상을 바라보았다. 그래서 마지막 만남에서는 좀 더 깊은 감정과 이야기를 듣고자 그림과 질문을 통해 서로의 마음을 열어주는 '비폭력 대화 카드'를 사용해 보았다.

사실 비폭력 대화 카드를 통해 내면 깊은 곳에 있는 생각과 감정들을 끄집어내는 방식이 마음에 걸렸다. 정아 님의 삶에 너무나 많이 개입했다는 생각이 들어서다. 누군가의 삶을 함부로 재단하거나 평가할 수 없는 위치에서 던진 일회성 조언 때문에 정아 님의 삶이 흔들리지 않을까 하는 두려움과 어쩌면 책임 회피일지도 모르겠다.

그럼에도 불구하고 과감히 말을 건넬 수 있었던 것은 정아 님을 비롯해서 30, 40대의 청년들, 특히나 자립의 기로에 서 있는 이들을 인터뷰하면서 가족과의 관계 속에 얽혀 있는 여러 굴레가 그들의 삶을 휘두르고 있다고 느꼈기 때문이다. 가족과의 거리 두기를 통해 자신의 삶을 올곧이 살았으면 하는 걱정과 안타까움도 한몫했다.

정신장애 당사자들에게는 증세와 더불어 자신들이 가졌던 꿈이 좌절된 아픔이 있었다. 그리고 이를 지켜보는 가족들이 있었다. 이

좌절을 회복하는 과정에서 가족과의 관계와 그들의 영향력은 삶을 일으켜 세우기도 하지만 무너지게 하는 굴레이기도 했다.

정아 님의 발병 원인이 무엇인지 확신할 수는 없다. 중요한 것은 단순히 유전적 원인이나 사회성 부족 때문이라고 단정 지을 수 없다는 것이다. 어쩌면 자신이 생각한 이상과 현실의 괴리 때문에 스스로 낸 상처가 병을 키웠을지도 모른다.

세상에 완벽한 가족, 완벽한 직장, 완벽한 부부, 완벽한 자녀가 있을까? 그러나 우리는 매번 완벽한 모델을 꿈꾸며 그 이상에 맞추려고 발버둥 친다. 부모가 거는 기대와 사회적 시선으로부터 완전히 자유롭지 못하기 때문이다. 사람은 타인의 시선으로 자신을 평가하고, 그 기대에 어긋날 때 상처를 받고 좌절하는 과정을 반복하면서 스스로 생채기를 낸다. 이러한 과정을 우리 또한 겪었고 정아 님 또한 반복하고 있는 것 같았다.

그렇다면 진정한 나는 누구인가? 타인의 시선이 아닌 나의 시선으로 바라보는 나는 누구인가? 그 안에서 진정한 자립은 무엇인가? 내가 누구인지 그 기원을 찾다 보면 가족과의 관계성을 생각 안 할 수 없다. 그러나 가족과의 거리 두기를 통해 나는 누구인지, 내가 원하는 자립은 무엇인지 나를 탐색해 볼 수 있는 시간을 가질 수 있다고 생각한다.

사실 몇 차례 대화만으로 쉽게 사람을 평가할 수 없고 이 인터뷰가 누군가를 분류하기 위한 과정도 아님을 안다. 오히려 정아 님과의 인터뷰를 진행하면서 우리 또한 가족 안에서 겪은 상처 그리고 엄마와 딸의 관계에 대해서도 스스로 들여다보고 생각해 볼 수 있었다.

인터뷰 중 정아 님의 눈빛이 가장 빛났던 순간을 기억한다. 처음 연극 무대에 선 순간을 이야기할 때였다. 이미 오래전의 일이었음에도 정아 님은 처음 연극 무대에 섰던 순간을 마치 어제의 일처럼 생생히 기억하며 그때의 짜릿했던 감정들을 풀어냈다.

그 순간, 그의 빛나는 눈빛과 활기찬 목소리에서 자신의 삶에 대한 뜨거운 열정과 애정을 확인할 수 있었다. 그가 무대를 통해 자신을 정신장애라는 테두리에 가두지 않고 밝고 활기찬 모습을 그대로 드러낸다면 삶의 소중함도 채울 수 있을 것 같았다. 그렇게 빛나는 조명 아래 짜릿했던 감정이 쌓이고 쌓이다 보면 연극 무대뿐만이 아니라 삶의 현장에서도 오롯이 두 발로 설 수 있을 것이다. 그렇게 정아 님의 빛나는 눈빛을 계속 볼 수 있을 거라 기대해 본다.

마지막 대화를 마치고 정아 님은 자신이 선택한 카드를 사진으로 찍어갔다. 흔들릴 때마다 이 사진들을 보면서 자신을 옭아맨 '엄마에게 떳떳하지 못한 딸'이라는 '괴로움'을 떨쳐냈으면 한다. 그리고 자신이 원하는 것으로 뽑은 '자율성과 자유' 카드처럼 사춘기 시절부터 그리워했던 혼자만의 시간과 공간을 만들었으면 좋겠다. 무엇보다 엄마의 울타리에서 벗어나 자신의 삶을 긍정하고 스스로 토닥토닥 위로할 수 있기를 바란다.

마지막으로 어머니에 관한 책을 써보고 싶다는 새로운 목표를 응원한다. 그 책은 어머니에 관한 책이기도 하면서, 자신에 관한 책이 될 것이다. 어렸을 적부터 꾸준히 써왔던 일기처럼 자신의 관점에서 어머니를 기록한다면, 결국은 자신의 삶에 대한 긍정의 기록으로 남을 것이다.

정아 님은 몇 차례의 대화를 통해 마음속에만 그려왔던 감정과 욕구를 어렵지만 솔직하게 들려주었다. 말로 풀어낸 용기는 시간이 지날수록 스스로에게 거는 기대와 책임감이 되어 한 발 한 발 자립으로 나아가는 원동력이 될 거라 믿는다.

바람

인생을 돌보는 사람

주변의 당사자 친구들을 보면 혼자 사는 경우가 많아
요. 혼자 살면 먹는 게 부실해지잖아요. 저도 힘들 때
잘 챙겨먹지 못했는데 그러면 스트레스에 취약해지는
것 같아요. 그래서 저는 당사자 친구들과 정기적으로
식사 모임을 꾸준히 하고 있어요. 여행도 가고요. 같이
이야기 나누면서 서로 지지해주면 자연스럽게 회복이
되지 않을까 생각해요. 앞으로 당사자 친구들과 이런
모임을 확장하고, 지속하고 싶은 꿈이 있어요.

바람은 1963년생 남성이다. 제주에서 2남 1녀 중 막내로 태어났다. 세 살 때 아버지가 돌아가셔서 어머니가 생계를 책임지셨다. 대학에서 전기 전공을 했으나 적성에 맞지 않았고, 학보사 활동을 더 열심히 했다. 학보사에서 활동하면서 세상 돌아가는 것을 알게 되었다. 대학을 졸업하고 여러 직장을 다니면서 노동조합 활동에 관심을 갖게 되었다. 안정적인 직장에 다니면서 특별한 일 없이 지내던 어느 날, 39세에 불면증과 공황장애, 대인기피증이 왔다. 목사님이 건네준 명상 테이프를 들어도 회복되지 않아 병원을 찾아갔다. 정신과에 대한 정보가 없어서 망설이다가 증상을 알게 된 지 3개월 후에야 병원에 갔다.

회사에서 독립한 후 개인 사업을 10년 하고 일을 접었다. 그 후 문화답사기행을 시작했고, '태화샘솟는집'에서 부서 활동과 마인드라디오 방송 제작 활동에 참여했다. 마인드라디오에서 자신의 취향을 다양하게 표현하며 사람들과 이야기를 나누는 것이 회복에 많은 도움이 되었다.

50대가 되고부터 환절기만 되면 증상이 심해졌으나 안정적인 상태를 유지하고 있다. 증상이 나타나면 잘 씻지 않고, 사람들하고 말하는 걸 불편해한다. 정신장애 당사자 친구들과 함께 식사하고 여행하면서 서로 응원하고 지지하는 모임을 하고 있고 앞으로도 쭉 이어가고 싶다.

저는 1963년 1월에 제주에서 태어났어요. 위로 누나와 형이 있고 제가 막내예요. 아버지는 제가 세 살 때 돌아가셨고, 엄마 혼자 생계를 부양하셨어요. 유년 시절이 굉장히 열악하고 불우해 보일 수도 있는데 그때는 잘 못 느꼈던 것 같아요. 어머니는 생업을 위해서 여러 가지 일을 하셨어요. 제가 기억하기로는 그 당시에 모자원이라는 한부모 가정을 대상으로 하는 구호 단체가 있었어요. 당시 제주도에서 제일 큰 교회가 영락교회였는데 거기 복지 재단 법인에서 운영했던 게 아닌가 싶어요. 저희는 모자원에 들어가서 살았어요.

그 당시에는 재래식 부엌이다 보니 나무를 연료로 썼는데 엄마와 함께 솔방울이나 나뭇가지 같은 땔감을 주워서 포대에 담았던 기억이 있어요. 엄마가 일을 하러 가시면 제가 초등학교 1~2학년인데 밥을 해서 엄마가 오시면 드실 수 있게 해드렸던 기억도 나네요. 따로 생각이 있어서가 아니라 상황 자체가 해야할 것 같은 그런 거 있잖아요. 모자원에서 3~4년 정도 생활하다 독립해야 해서 초등학교 4학년 때 나온 거로 기억해요.

초등학생 때 외할머니가 시장 노점에서 고사리를 삶아서 파셨어요. 등하교할 때 시장을 지나게 되는데 외할머니한테 인사하면 아침에는 장사 시작 전이라 돈이 없어서 안 주셨고 오후에 지날 때는 불러 세워서 10~20원씩 주셨어요. 그 돈 받아서 군것

질도 하고 그랬어요. 지금도 마찬가지긴 한데 초등학생 때 그렇게 공부를 잘하지는 못했어요. 어머니는 생업에만 신경 쓰니까 그냥 제가 학교에 가면 공부하겠지 정도로 생각하셨던 것 같아요.

초등학교 시절 기억에 남는 건 운동회 날이에요. 그 당시에 검정 고무신을 일반적으로 많이 신고 다녔는데요. 운동회 때는 운동화를 신어야 하잖아요. 저는 운동화가 없으니까 운동화 대용으로 천으로 만든 커버를 신고 달렸던 기억이 있어요.

어렸을 때는 알아채지 못했었는데, 엄마가 입 하나라도 덜려고 누나를 서울로 식모살이를 보내셨대요. 형도 중학교를 못 가고 마찌꼬바* 같은 스타일의 공장에서 창틀 만드는 일을 했어요. 이후엔 구둣방에서 일했고요. 저는 중학교에 진학할 형편이 안 되니까 교회에서 운영하는 중학교에 야간으로 다녔어요. 밤에는 공부해야 하니까 낮에 돈 벌 수 있는 일을 찾아봤는데, 제일 많이 했던 건 신문 배달이었어요. 제주도는 서울에서 첫 비행기로 신문을 보내니까 9~10시쯤 조간신문이 도착해요. 그럼 저는 1~2시까지 신문을 돌리고 학교 가고 그랬죠. 신문 배달로 번 돈은 허투루 쓰지 않고 엄마한테 드렸던 거 같아요. 어머니는 1996년에 돌아가셨어요. 제 나이 서른넷일 때요.

---

* 영세공장

지금 이 상황에서
할 수 있는 것을 잘해야지 생각했어요

제가 형편이 안 돼서 학교는 못 갔지만 배움과 학문에 대한 갈망은 계속 있었어요. 그래서 중학교 검정고시도 보고 방송통신 고등학교를 가고 그랬었죠. 학교에서 공부하던 그때가 제일 좋았던 것 같아요. 낮에 학교 가는 애들이 되게 부러웠죠. 그러지 못하는 상황 때문에 스스로를 비하하거나 좌절하기도 했지만 '지금의 이 상황에서 내가 할 수 있는 것을 잘해야지'라고 생각했어요.

군대 다녀와서 대학을 진학할 때 저는 국문과나 독문과를 가고 싶었어요. 당시에 김원일, 김원우 소설가를 좋아했어요. 특히 김원일 작가가 쓴 《겨울 골짜기》라는 소설을 감명 깊게 읽었어요. 시인으로는 마종기 시인을 그때나 지금이나 좋아해요. 사람 관계를 너무 상투적으로 그리지 않으면서 자신의 이야기를 통해 관계를 설명하는 부분이 제 감성과 잘 맞았어요. 사물을 바라보는 시각도 그렇고요.

세상의 이재理財하고 상관없이 내가 좋아하는 걸 하면서 살면 어떨까 싶어서 그런 의사를 내비쳤는데 집에서는 안 된다고 했어요. 당시에 누나가 외지에서 돈 벌어서 집에 경제적 지원을 해

주는 상황이었거든요. 그러다 보니까 누나의 입장은 '빨리 취업해서 돈 벌어야지 무슨 국문과냐'였죠.

스물네 살에 전기과에 입학했는데 저한테는 아주 낯선 학문이었고 친숙해지기가 힘들었어요. 의무적으로 들어야 하는 전공과목은 머리에도 귀에도 안 들어오고 수업은 받아야 하는 상황이었는데, 학보사에서 기자를 모집한다는 얘기를 듣고 지원했죠.

학보사에 들어가니까 또 다른 세계가 열렸어요. 1985년 그때 사회적 이슈가 광주 민주화 운동이었는데 이거를 굉장히 금기시하고 금서를 보면 국가보안법으로 끌려가던 때였어요. 제가 학보사 편집장 하면서 '미美국은 미米국이다'라는 원고를 하나 썼어요. 미국의 '미'가 아름다울 미美인데, 쌀 미米자를 써서 광주 민주화 운동에 대해 미국이 보여준 행태에 관해 쓴 글이었는데요. 지도교수가 그 글을 내보낼 수 없다며 "네가 하고자 하는 것들은 학교 졸업하고 밖에서 해라"라고 했었죠.

'내 삶을 내가 주체적으로 살아야겠다'라는 의식이 학보사와 기독학생회 활동을 하는 과정에서 교수들하고 많이 부딪히게 했어요. 제가 학보사 편집장을 했지만 제 개인적인 성향은 어떤 그룹의 리더라기보다는 그냥 어떤 역할이 주어지면 그걸 잘하는 성향이었어요. 지금도 보면 어떤 모임에 소위 말하는 '대빵' 이런 거는 제 감성과 안 맞아요. 그래도 학보사 하면서 좋았던 건 신문

마감 끝나고 회식했던 거였어요. 학보사 사람들이 다 모여서 개인 돈으로 사 먹기 힘든 음식을 같이 먹고, 차도 마시고 했죠. 내 돈 안 들이고 그런 시간을 가지는 게 좋았어요. 그리고 제가 썼던 글이나 다른 기자들이 쓴 글을 교정하는 시간이 즐거웠어요.

대학 다닐 때 YMCA에서 활동하고 사회과학 서점 '사인자(사회과학, 인문과학, 자연과학 줄임말)'에서 책 보면서 '아, 집에서 원하는 대로 전공을 살려서 취업하는 건 이미 내가 할 수 있는 영역이 아니다'라고 생각했죠.

노동자의 삶을 살아보고 싶었어요

졸업할 때 신문사나 언론 쪽에 취업하는 건 고민 안 했어요. 제주도 전문대 학벌 가지고 그런 곳은 언감생심이라고 생각했거든요. 아예 처음부터 졸업하면 공장에 들어가려고 했죠. 그 당시에 노동 현장을 바꾸겠다는 것보다는 노동자들의 삶을 한번은 살아봐야겠다는 생각이 있었어요. 노동자의 삶을 껍데기로만 알고 있다고 느꼈거든요. 어떤 시대적 소명 같은 게 아니라, 학생운동 출신도 노동자 출신도 아닌 입장에서 노동 현장을 보고 싶었어요. 학보사 생활하면서 다른 대학에서 보내오는 신문들을 보고, 박노해 시집이나 여타 시집도 읽으면서 노동자의 삶을 살아보고 싶었던 것 같아요.

총장 추천으로 부천에서 공장 생활을 시작했는데, 12시간 2교대 근무에 식사도 숙소도 생각한 것 이상으로 너무 열악했어요. 한 달 만에 정리하고 안산 반월공단에 있는 공장으로 갔어요. 기숙사형 아파트도 제공됐는데 거기서 2년 2개월 정도 일한 것 같아요.

일 끝나면 《내일신문》 편집장이 하는 노동자 강의를 들으면서 노조가 있어야겠다고 생각했어요. 그런데 회사는 노조 만드는 것에 굉장히 예민하고 민감해서, 소위 말하는 외부 세력들의 안내를 받아 노조를 만들기 위한 과정에 열심히 참여했어요. 저는 자료 만드는 활동을 주로 했어요. 노조 활동을 하려면 앞에 나가서 선동을 해야 하잖아요. 발표도 해야 하는데, 그런 거를 되게 불편해했어요. 아무튼 '이런 삶을 살 수 있겠다'라는 자부심이 있었던 것 같아요.

노사협의회 활동을 하니까 회사에서 요주의 인물로 찍히고, 집에서 연락도 오고 그래서 노조 창립까지는 못 하고 중간에 떨어져 나오게 됐어요. 지금은 그렇지 않지만, 당시엔 굉장히 죄책감에 짓눌렸거든요. 10여 년 정도 화인처럼 절 누르고 있었던 것 같아요. 노조를 그만둘 때 회사에서 다른 자회사로 가라고 제안

했고, 제가 받아들였어요.

공장을 나오고 나서 새로 들어간 회사는 서울 강남에 있었는데, 일본에서 잉크 원료를 수입해 국내에서 완제품을 만들어 판매했어요. 저는 스크린 잉크 만드는 라인 사업부에서 영업 관리하는 일을 했었죠. 사업장 자체가 노조를 만들어야 하는 사업장은 아니었던 것 같아요. 연월차 같은 거 있으면 담당 직원한테 얘기해서 돈으로 받든지 휴가로 받든지 하고. 국가에서 정한 근로기준법에 나와 있는데 안 지켜지는 게 있으면 말하고 그랬던 것 같아요.

안산 반월공단에 있을 때 안산노동교회에 적을 두고 노조 활동도 하고 신앙생활도 했는데 직장 생활 중에 안산노동교회에 있던 전도사님이 서울 신명교회로 왔다고 연락이 왔어요. 민중교회 쪽에서 선도적이었던 교회로 기억해요. 거기 출석하면서 평일에는 직장 생활을 열심히 하고, 주일날에는 교회 활동하고 그랬어요. 약간 교회와 직장으로 이원화돼 있는 삶을 산 거죠. 당시엔 직장은 생활을 위해서 돈을 버는 수단이었고 교회 활동이에너지가 됐었죠.

2000년대 초반 당시에 파병 반대 집회도 참여하고 민주노동당에도 가입했어요. 민중교회를 같이 다녔던 친구들이 민노당 창당할 때 당원 가입을 했어요. 제 사업장이 잠실에 있어서 송파

54

지역 위원회에서 활동했죠. 지역 당원들하고 한 달에 한 번 모임에 참석하고 집회 참석하고 토론하고 그랬었던 것 같아요. 민노당이 해산하면서 자연스럽게 당적을 상실하게 되었고 그 뒤로는 당적을 갖지 않았어요.

2003년 마흔 살에 다니던 회사를 그만두고 독립했어요. 사장하고 이야기가 잘 돼서 2005년에 사업자를 따로 냈죠. 건축자재 대리점이었는데 KCC나 벽산 이런 데서 건축대리점을 계약하면 저는 자재를 납품하는 일을 했어요. 제가 기존 거래처의 50%를 가지고 나와서 검증된 업체, 안정적으로 하는 업체들과 했던게 도움이 많이 됐어요. 그때부터 큰 무리 없이 일이 잘 진행돼서 5~6년 지나니까 개인 사업자로 운영하기엔 매출이 너무 많아져서 법인으로 전환했죠. 그때 한 해 매출이 25억 정도였는데, 10년째 되던 2012년에 폐업을 했어요. 제가 하고 싶은 걸 하며 살고 싶어서 사업 시작할 때 딱 10년만 열심히 일하기로 마음먹었거든요.

서른아홉에 불면증이 찾아왔어요

서른아홉 살에 처음 불면증으로 시작해서 공황장애와 대인기

피증이 왔어요. 어느 날 일요일 밤에 자려고 누웠는데 갑자기 저 승사자가 현관문으로 들어오는 거 같아서 문을 잠그고, 제가 방에 들어가면 그사이에 집으로 들어올까 봐 거실에서 잠을 자기 시작했어요. 소위 말하는 '환영'을 보는 거죠. 그렇게 환영하고 불면이 같이 오는 상태가 6개월 정도 갔어요. 그때 아는 목사님께 연락했더니 "심리적으로 안정을 줄 수 있는 음악 같은 걸 들으면서 성경을 한번 봐라"라고 해서 음악을 듣는데 음악을 들으면 그 환영이 더 구체화되는 느낌인 거예요. 이런 상태가 3~4개월간 심해지다 약해지기를 반복하다가 신경정신과에 갔어요. 정신과에서 약을 2알인가 3알을 주면서 아침, 저녁으로 먹으라고 하더라고요. 나중에 보니까 스틸녹스* 같은 게 있는 거예요. 약 먹고 6개월쯤 지나니까 점점 회복되는 느낌이 들고 아무렇지 않길래 약도 끊고 병원도 끊고 일상으로 돌아갔어요. 그래도 생활하는 데 아무런 문제가 없었어요.

서른아홉 살에 병식이 온 뒤로 중간중간 불면증이 올 때는 병원에 가지 않고 수면유도제를 먹고, 정 힘들면 비상약으로 처방받은 스틸녹스를 반 알씩 쪼개 먹으면서 지냈어요. 증세가 와서 다시 병원을 찾은 건 12년이 지나서였어요. 아마 제가 일을 하면

----

* 중추신경을 둔화시켜 수면을 유도함으로써 불면증을 개선하는 약

서 계속 긴장한 상태였어서 그런 게 아닌가 해요.

53세 때, 동교동에 있는 신경정신과 의사를 만나서 치료가 잘됐는데 제가 임의로 중단했던 것이 실수라면 실수고, 패착이라면 패착이었어요. 그때는 불면증보다 우울감, 자살 충동이 심했어요. 제가 그때 12층에 살았는데 베란다에서 뛰어내리려고 하다가 발견된 적도 있어요. 어떤 때는 환청, 환영 이런 것들이 심해져서 밤에 자려고 누우면 제게 한 사람씩 찾아와요. 돌아가신 어머니가 오고, 할머니가 오고, 어떤 때는 조카가 와서 같이 이야기 나누고 그래요. 어머니가 "너 왜 이러고 있니?" 하고 물으면 "좀 아파요" 하고 울면서 대답하고 그랬죠.

그 시기엔 마음이 되게 위축됐어요. 사람들이 나를 안 좋게 보는 눈빛이 느껴지니까 밖에 안 나갔어요. 병원만 다니고 먹을 거 사러 마트만 가고, 씻지도 않고, 계속 고립되어 있는 거죠.

그러다가 친구한테 혼자서는 도저히 못 가겠다고 말하고 같이 병원에 입원하러 갔어요. 혼자 있으니까 너무 힘들었고, 최소한 병원에 가면 규칙적인 생활을 할 수 있을 것 같아서 아는 목사님 소개로 갔죠. 병원에 입원하니까 가방, 소지품 전부 다 놓고 저를 해체하는 거예요. 저는 편하게 진료받으려고 병원에 입원했는데 병원에서는 저를 감금하고 압박하고 세상으로부터 분리하려고 하는 느낌이었어요.

폐쇄병동 특유의 냄새가 있어요. 한 방에서 6명이 자야 하고 화장실이나 세면대도 너무 열악하니까 도저히 더 있을 자신이 없어서 하룻밤 자고 퇴원했죠. 병원에서 나오고 요양 시설을 많이 알아봤는데 남양주, 가평 이런 데에 많더라고요. 그런데 거기도 혼자 오는 사람은 좀 꺼리더라고요.

그런 와중에 제가 이사를 가야 하는 상황이 되면서 스트레스가 심해졌어요. 사실 이사하지 않아도 됐는데 순간적으로 얘기해 버린 거예요. 왠지 그냥 이사 가고 싶다는 생각이 들던 참에 계약 기간이 다 돼서 집주인이 어떻게 할 거냐고 묻길래 이사하겠다고 얘기해 버렸어요. 미친 척하고 취소해도 되지 않을까 하다가, 번복하면 중심이 없는 사람처럼 보일 것 같아서 굉장히 부끄러운 거예요. 한번 사람이 얘기했는데 바꾸는 게 좀 그래서 이사하기로 했어요.

집을 알아보는 중에 고양시에 조그마한 마을을 찾았어요. 조용한 데 살고 싶어서 도로 안쪽에 있는 세대를 원했는데 그 세대가 계속 세가 안 나오는 거예요. 대신 도로변 세대에 세가 나와서 봤는데 괜찮은 거 같아 별 생각 없이 계약하고 그다음 날 이사를 했어요. 이사하는 날 제주에서 누나가 와서 이사를 도와주고 며칠 뒤에 내려갔어요. 그러고 저는 이제 거기 혼자 남았는데 외딴데 아파트만 있고 아무것도 없는 거예요. 밥을 먹으려고 해도 차를 타고 나가야 하고 하다못해 우유 하나 사 오는 것도 편의점 외에는 다 멀리 나가야 했어요. 거실 창 밖은 왕복 8차선 도로여 서 창문을 열면 차 소리가 너무 크니까 가뜩이나 상태가 안 좋을 때라 더 예민해지는 거예요.

누나가 제 상태를 알게 되었죠

어느 날 차를 끌고 사우나에 갔다가 오늘은 제대로 된 식사를 해야겠다는 생각이 들어서 식사를 하고 왔는데 저녁에 몸이 이 상한 거예요. 배가 아픈데 평상시 아픈 거하고 좀 느낌이 달랐 어요. 바로 택시를 타고 일산병원 응급실에 갔는데 맹장 수술을 해야 했어요. 수술하려면 가족동의서가 있어야 하는데 저는 1인 가구라서 제주에 사는 누나하고 통화하는 걸로 하고 바로 수술 에 들어갔죠.

수술하고 병실에 있는데 누나가 왔어요. 누나가 와서 제 상태 를 보니까 맹장 수술이 문제가 아니고 뭔가 이상한 거죠. 제가 그 때 심한 경우엔 한 달 동안 샤워를 한 번도 안 하고는 했거든요. 퇴원하고 누나와 집으로 왔는데 집 상태도 예전 같지 않고 이상 하니까 누나도 제 상태를 알게 된 거죠.

누나가 계속 와서 식사를 챙겨주니까 조금씩 호전되는 느낌이 들었어요. 근데 오랫동안 떨어져 있던 오누이가 붙어있으니까 약간씩 불편한 게 생기는 거예요. 저는 TV 보는 걸 별로 안 좋아하는데 누나는 하루 종일 TV를 틀어뒀어요. TV를 좀 껐으면 싶은데 나를 위해 와준 사람한테 그렇게까지 부탁하기 미안한 거죠. 그리고 저는 담배를 안 피우는데 누나는 피우거든요. 아파트에서 담배 피우면 다른 사람들한테 민원도 들어오고 안 좋으니까 나가서 피라고 했는데 어느새부턴가 그냥 실외기 있는 데 가서 문 열어 놓고 피우고 있는 거예요.

일단 그 집을 얼른 나와야겠다 싶었어요. 2년 동안 거기에서 창문 열 때마다 소음에 시달릴 걸 생각하니까 안 되겠더라고요. 약간 경제적인 손실이 있더라도 이사를 해야겠다 싶어서 집을 내놨어요. 그런 와중에 절친한 친구들이 와서 위로해 주고 격려해 줬어요. 바깥에 같이 나가서 밥도 같이 먹고 하면서 '아 내가 더 이상 이렇게 하면 안 되겠다' 생각했어요.

친한 친구들한테 상황을 얘기하고 의견도 들으면서 조절하고 있었는데, 누나가 제주도에 집을 마련해서 사는 게 어떻겠냐 해서 집을 보러 다녔어요. 끌려가서 집을 보긴 했는데 영 마음이 안 갔어요. 그리고 근본적으로는 제가 누나랑 성향이 잘 맞았으면 제주에서 사는 걸 선택했을 수도 있는데 문화적인 감성, 성향, 정치적인 입장 이런 게 너무 다른 거예요.

그리고 누나가 생각했던 것보다 빚을 많이 지고 있었어요. 제가 봤을 땐 무모할 정도로 많은 빚이었어요. 제가 예전에 죽음 철학 수업에서 인상 깊게 들었던 '자기가 죽기 전 마지막에 하고 싶은 걸 살아가면서 하는 게 중요하다'라는 이야기가 떠올랐어요. 저는 어차피 1인 가구이기 때문에 제가 죽으면 제일 먼저 수혜를 받는 게 형제거든요. 제가 살아있을 때 누나의 빚을 정리해 주는 게 좋을 것 같았어요. 누나에게 진 빚은 이것으로 퉁치자고 마음속으로 정리하고 연락처를 다 차단했죠. 빚 정리를 해주니까 누나는 너무 좋아했어요.

회복에 있어 중요한 것은 교감이에요

누나가 곁에 있어도 교감이 잘 안되니까 심리적으로 안정감을 주는 사람이 옆에 있는 게 굉장히 중요하다고 느꼈어요. 지금 절친한 친구 두 명이 있는데 그 친구들은 제가 한 달 동안 안 씻어서 좀 민망할 텐데도 참아주고 밥도 사주고, 두 시간 정도 전화기 붙잡고 얘기해도 들어주고 그랬거든요. 그게 저한테는 참 도움이 많이 되었어요.

저는 회복에 있어서 주치의 역할이 60%쯤 되는 것 같아요. 물론 거기에 약도 포함되겠지만, 잘 맞는 의사를 찾는 게 힘들었어요. 영등포에 살 때는 주치의하고 사이가 안 좋은 상태에서 진료를 받다 보니까 병식이 더 깊어지고 나중에는 자존감도 무너지고 더 비판적으로 변하는 거예요. 의사에 대한 신뢰가 없으니까 계속 의심하는 거죠. 처방전을 받으면 부작용은 어떤 게 있는지 검색해서 그 부작용에만 초점을 맞추고, 그래서 일주일 치 약을 안 먹은 적도 있어요.

지금 주치의 선생님은 2018년에 만나게 됐는데 진료를 받으면서 "약 꾸준히 먹으면 나아질 수 있으니 괜찮다"라고 하고, 초진 상담도 1시간 30분을 해줬어요. 그렇게 진료해 주는 곳이 거의 없거든요. 보통 진료 가면 20~30분 정도 이야기해요. 의사하고 교감이 되는지 안 되는지를 판단하고 주치의를 정하는 게 좋을 것 같아요.

발병 사실을 주변에 알렸을 때 위로받은 게 8할이에요. 친구들은 아프다고 하니까 와서 같이 식사해 주고 대화해 줬어요. 오히려 상처를 준 건 가족인 누나였죠. 제가 제주 정신병원에서 2주간 입원을 했을 때 병원에서 나가면 극단적인 선택을 할 것 같아서 형한테 오라고 해서 만난 적이 있어요. 형은 뭐라 그럴까... 그러니까 불가근불가원*도 아니고 평화롭게 서로 관심 없었죠!

두 명의 친구 중 한 명은 회사 그만두고 도보 여행하면서 만난 친구고, 한 명은 책 모임에서 만난 친구예요. 사람 관계는 지나치게 많이 기대한다거나 지나치게 생각하면 지속하기 어려운 것 같아요. 편하면서도 선을 넘지 않는 관계를 유지하는 건 굉장히 중요하다고 생각해요. 제가 나름대로 훈련이나 학습이 된 상태에서 만나서 좀 괜찮은 거 같아요.

그런데 아무래도 도보 여행에서 만난 친구가 심리적으로 더 친밀하긴 하죠. 도보 여행 가면 계속 같이 걷고 자고 이러면서 관계를 맺게 되니까요. 도보 여행은 온전히 나에 관해 생각할 수 있고, 바람을 벗 삼아 자연과 호흡하고, 어떤 기구도 사용하지 않고 내 두 발로 걷는 느낌이 좋아서 자주 가고 있어요.

발병은 감정을 폭넓게 이해할 수 있는 계기가 되었어요

제가 만약 발병하지 않았다면 사유의 폭이 지금보단 제한적이었을 것 같아요. 저는 정신장애 당사자들을 많이 만나보잖아

---

* 不可近不可遠 가까이할 수도 멀리할 수도 없음

요. 그 사람들 개개인의 서사를 보면서 사람이라는 존재에 대해 더 내밀하게 알게 되는 것 같아요. 사람의 감정을 좀 더 폭넓게 이해하게 되는 게 있죠.

지난 시간의 나를 돌이켜보면 10대 때는 가난한 집의 불쌍한 아이였고 20대에서 30대 때는 내 삶의 어떤 이정표, 목표에 대해서 부단하게 생각했고, 30대에서 40대로 넘어갈 때는 경제적 자립을 위해서 열심히 일했어요. 그리고 제 인생에 있어서 제일 좋았던 때를 꼽으라고 하면 40대에서 50대 같아요. 그때도 일을 많이 하긴 했지만 시간에 종속되지 않고 내 의지대로 시간을 잘라서 쓸 수 있으니까 듣고 싶은 강의 듣고, 다양한 사람들과 관계 맺고 했던 게 인간관계에서 오는 허탈함을 극복하는 데 도움을 줬어요.

물론 발병 과정에서 다시 관계의 허탈함을 느끼기도 했고 나중에 무슨 일이 생겨 다시 바뀔 수도 있지만 마음의 근육이 탄탄해진 느낌이 들어요. 나 자신이 아무것도 아니라는 것에 대해서 편하게 이야기할 수 있고, 다른 사람이 "당신 아무것도 아니야"라고 얘기해도 아무렇지 않아요.

요즘은 당사자들을 자주 만나요. 마인드라디오 활동하고, 사람사랑 양천장애인자립생활센터 당사자 활동하고, 자조 모임도 하고, 태화샘솟는집에도 다니죠. 혼자만 잘 먹고 잘살려고 하는

것 같아서 미안한 마음에 토요일에는 식사 모임을 하려고 하거
든요. 사람사랑 양천센터, 태화샘솟는집, 아니면 사회적 기업 사
람과사람 회원인 당사자들끼리 특별한 일이 없으면 식사 모임을
해요.

당사자 식사 모임을 하는 이유는 센터를 통하면 사적으로 만
나기 어렵기 때문이에요. 센터의 사회복지사가 참가하면 약간
관리 받는 느낌이 들고 분방함이 없어요. 당사자끼리 만나서 편
안하게 이야기하고 그러는 것에서 오는 에너지가 있거든요. 공
적인 관계보다 사적인 관계가 주는 힘이 있어요. 밥 한번 같이 먹
는 게 누군가에게 힘이 되어주면 얼마나 좋아요.

마인드라디오 방송에서 제 목소리를 제가 듣잖아요. 나의 느낌
을 외부의 시선으로 볼 수 있어서 좋아요. 같이 방송하는 사람들
이 맘에 안 들 때도 있는데 맘에 안 드는 사람과도 어떻게 하면 잘
지낼 수 있을지 숙제처럼 남아요. 예전에는 맘에 안 들면 극단적
으로 그냥 안 보는 게 제일 좋은 것 같았는데 교감하는 관계라면
좀 더 집중해서 관계를 맺고 바라보는 것도 괜찮은 것 같아요.

내일의 행복도 중요하지만
오늘의 행복이 더 중요해요

이윤성 법의학자가 2013년 경향신문 인터뷰에서 인생이란 흐르는 바다에서 잠시 물방울이 튀어 올라 떠 있는 것과 같다고 하더라고요. 그렇게 범우주적으로 보면 '나'라는 존재는 아주 미약하고 소소한데 과욕이나 집착 때문에 지나고 보면 아무것도 아닌 일을 어떻게든 해결하려고 했어요. 지금은 설령 오늘 죽음을 맞이한다 해도 그다지 억울하진 않을 거 같아요. 엄청나게 큰 시련이 닥쳤을 때, 우주적으로 봤을 때 나는 미약한 존재라고 생각하면 담대하고 의연해지는 것 같아요.

요즘은 죽음에 대해서 어떻게 생각하냐면 '하루하루 잘 살자'가 아니라 '하루하루 잘 죽자' 이런 느낌이에요. 내일의 행복도 중요하지만 오늘의 행복이 더 중요한 거죠. 삶에 대한 애착이 없는 건 아닌데 '때가 되면 오고 때가 되면 가는 게, 인생이라는 게 그런 거지 뭐' 하고 생각해요. 본인의 의지와 상관없이 병이나 사고 때문에 죽음을 맞기도 하잖아요. 20대 때는 '50까지만 살자. 더 사는 것도 민폐야', '50살 넘게 사는 건 지구를 오염시키는 거야' 그랬어요. 지금도 오래 사는 것보다도 잘 살아야 한다고 생각해요.

요즘 일상은 보통 밤 10시 30분~11시에 자고, 아침 5시 30분~6시 사이에 일어나 아침을 먹어요. KBS 라디오 시사 프로그램을 듣다가 8~9시가 되면 집안일을 하고, 특별한 거 없으면 카페 같은 데 가서 책 보고, 일주일에 한 번 정도는 극장에 가서 영화를 봐요. 저는 극장에 가서 영화 보는 걸 좋아해요. 화면과 독대해서 보는 걸 좋아해서 앞에서 두 번째 열 좌석에서 보는 걸 좋아해요. 〈프랑스 여자〉를 재미있게 봤어요. 제가 좋아하는 극장은 씨네큐브, 아트하우스 모모, 서울아트시네마가 있어요. 그리고 인디 음악을 좋아해서 공연도 자주 보러 가요. 요즘엔 김일두와 말로를 좋아해요.

세상을 향해 계속 목소리를 내고 싶어요

대학교 때 학보사 경험이 있어서인지 어떤 매체로든 다양한 사람과 소통하고 싶었어요. 병 때문에 내 존재가 직접적으로 노출되지 않는 안전한 공간에서 목소리를 내고 싶었던 것 같아요. 마인드라디오 활동가 모집 공고를 보고 바로 신청했고, 1년 반 동안 방송 제작에 참여했었어요. 참여하면서 느낀 점은 마인드라디오 당사자 활동가들과 교감이 잘 되었다는 거였어요. 마인드라디오 방송의 청취자들과 새롭게 소통하고, 마인드라디오 선생님들과도 관계를 맺고, 정신장애 관련 기관들과 연결되면서 제가 사는 세상이 점점 확장되는 느낌이 들었어요. 그래서 '더 책임감 있게 잘해야겠다'는 생각이 들어서 꾸준히 참여하고 있어요. 건강이 허락하는 때까지는 하고 싶어요.

마인드라디오 당사자 활동가 4명과 팀이 돼서 라디오 방송을 했거든요. 〈일상을 사랑하는 이야기〉라는 제목이었는데, 하나의 주제를 갖고 이야기를 하는 게 재미있었어요. 일상에서 발견한 것들에 관한 이야기를 나누면서 사회의 편견, 외로움, 그리고 당사자 가족 이야기도 하는 의미 있는 시간이었어요.

그리고 다음에 한 방송은 저 혼자 진행하는 1인 방송이었어요. 저는 사람들과 이야기하고 교감하면서 힘을 받는 편이라 혼자서 방송을 끌고 가는 게 버겁고 어려웠어요. 함께 했던 달팽이 피디님은 제게 "너무 잘한다", "마인드라디오와 너무 잘 맞는 방송이다"라고 응원해 줬지만 사실 너무 힘들었습니다. 제가 모자를 쓰는 날은 증세가 드러나는 날인데요. 1인 방송하면서 모자를 많이 썼더라고요. 1인 방송은 2020년 9월부터 12월까지 진행했었는데, 가수 박준의 노래 '옆을 바라봐'의 가사 내용과 같은 방송을 만들고 싶어서 방송 제목이 〈옆을 바라봐〉였어요.

"술을 마셨습니다. 실연의 상실감으로 마음 아파하는 후배와 동네 술집에서 술을 마셨습니다. 넋두리하다가 결국 울음을 터뜨리고 나서도 엉엉 울면서 쓴 술잔을 마냥 넘기고 있었습니다. 힘들다고 징징거리면서 울었습니다. 마흔을 넘긴 커다란 덩치의 사내가 울고 있었습니다. 저는 그냥, 대거리를 하면서 같이 술을 마셨습니다. 뭐랄까 딱히 어떤 위로의 말도 그다지 소용이 없을 것 같았습니다.

당사자인 후배는 자신이 부끄럽고 창피하다면서도 자신이 누구를 사랑하는 게 잘못은 아니라고 했습니다. 사랑하는 게 창피하고 부끄러운 건 아니라는 말을 들으면서 문득, '사랑하는 게 정말 모든 사람에게 창피하고 부끄러운 게 아닌걸까?' 하는 생각을 했습니다. 사랑을 잃고 슬퍼하는 모습이 낭만적으로 보이기도 했습니다.

정신장애인 당사자에게 사랑은 어떻게 접근해야 하고 다가오는 사랑을 어떻게 맞이해야 하는가? 그때 우리 혹은 저는 어떤 태도를 가져야 하는가를 생각하면서 오늘 방송 여기서 마칩니다. 다음 주에도 다시 만나기를 희망합니다. 청취해 주셔서 고맙습니다. 저는 〈옆을 바라봐〉 진행자 바람이었습니다."

— 〈옆을 바라봐〉 8화 '심리 회복 마음 프로그램'

2020년 11월 20일 마인드라디오 방송

그리고 마인드라디오와 정신장애인 당사자 대안언론 《마인드포스트》가 함께 언론 모니터링 방송을 했었거든요. 거의 맨땅에 헤딩하듯이 방송을 진행했어요. 진짜 1화 부제목이 '모니터링, 맨땅에 헤딩했습니다'였어요. 그런데 공부하다 보니 정신장애 관련 미디어 모니터링이 꼭 필요하고 앞으로 이런 활동을 계속해야겠다는 생각이 들었어요. 많이 배우고, 성장했던 시간이었어요.

"정신장애 미디어 모니터링 사업이 지속적으로 진행되어야만 하는 다양한 이유가 있는 것 같습니다. 국가와 정부 당국이 나서서 모든 시민의 안전과 정신장애인을 비롯한 소수자에 대한 기본적인 인권을 개선하려고 노력해야만 합니다. 그것은 국가의 기본적인 의무입니다. 그리고 세계인권선언문에서도 보장하는 내용입니다. 모든 사람의 인권이 평등하게 법적으로 보장될 수 있도록 정부 당국이 하루라도 빠르게 정신장애인 관련 언론 보도 가이드라인을 마련하기를 간곡하게 요청합니다. 그리고 나서도 꾸준한 모니터링 사업을 국가 단위 사업으로 진행하기를 바랍니다. 오늘 방송을 하면서 앞으로도 지속적으로 이러한 모니터링 사업이 유지될 수 있도록 다양한 방법과 노력을 강화해야겠다는 생각을 했습니다."

— 〈미디어몬〉 2화 '정치인들의 막말 참을 수 없어'
2020년 11월 10일 마인드라디오 방송

2020년 말, 마인드라디오 방송국 건물이 재건축이 되어서 이전할 곳이 필요했어요. 제가 걱정스러운 마음에 이곳저곳 많이 알아봤어요. 저는 마인드라디오 방송국을 오래 유지하고 싶어요. 정신장애 당사자들의 목소리를 낼 수 있는 장이 꼭 있어야 한다는 그런 욕심이 있었나 봐요. 처음에는 저도 잘 몰랐는데 마인드라디오 방송하면서 그런 생각들이 강해졌어요.

마인드라디오 방송국이 생겨나고, 당사자들의 목소리가 방송되고, 기록되는 것은 매우 중요해요. 정신장애 당사자들이 주체적으로 활동을 했다는 것 자체가 저에겐 큰 의미가 있어요. 비록 지금은 청취자도 많이 없고 사람들이 많은 관심을 주진 않지만, 이와 같은 시도가 있었다는 역사가 주는 토대가 다음의 길을 터주는 것이 아닐까 해요. 어떠한 계기로 마인드라디오 방송국이 사회에서 영향력이 생길 수도 있겠지만 그건 지금 당장은 크게 중요하지 않다고 생각해요. 지금 하는 사람들이 꾸준하게 이어가는 것이 가장 중요해요. 그래서 이와 같은 방송국, 매체가 또 생길 수 있는 환경이 만들어지고, 정신장애 당사자들의 목소리가 점점 많은 사람에게 다가가게 하는 중요한 과정을 마인드라디오가 만들어 가고 있다고 생각해요.

2020년에 KBS에서 마인드라디오 방송국을 취재하러 왔었는데요. 그때 피디님이 스케치북에 '마인드라디오는 ○○○이다'라고 써달랬어요. 저는 이렇게 썼어요.

"마인드라디오는 좋은 벗이다"

마인드라디오에 있는 모든 것이 좋은 친구처럼 다가왔거든요.
저는 특별한 욕심 안 내고 당사자 활동가들과 건강하고 즐겁게
지내고 싶어요. 서로 지지하고 응원해 주는 그런 사이가 되었으
면 좋겠습니다.

○ 기록자의 말 - 한 그루의 나무를 심듯이

　바람 님을 처음 만난 건 여름이 한창 시작되는 6월 하순이었
다. 마인드라디오 사무실에 바나나 한 송이를 사 오신 바람 님 덕
분에 우리는 바나나를 나눠 먹으며 첫 만남을 가졌다. 정신장애
당사자 구술 생애사를 기획하게 된 배경을 말씀드리고 다시 한
번 동의를 구하는 절차를 밟기 위해서였다. 바람 님은 마인드라
디오 대표에게 구술 생애사 제안을 받고 왜 자신의 이야기를 해
야 하는지 고민했다고 한다. 한 번도 해보지 않았던 자신의 이야
기를 하기로 결심하고는 어디까지 말하는 게 좋을지 잠깐 고심
했다. 고민 끝에 바람 님은 자신이 살아온 이야기를 하기로 결정
했다.

　바람 님은 대학을 졸업하고 직장 생활을 하던 중 39세에 병식
을 인식하고 병원에 다니며 직장 생활을 했다. 52세부터 증세가

주기적으로 심하게 왔다고 한다. 환절기인 3월에서 5월, 11월에서 12월에 증세가 심했고, 시간이 흐르면서 증세 없이 안정적으로 유지하고 있다고 했다.

바람 님과의 마지막 인터뷰 장소는 서울 중구 퇴계로였다. 그동안은 마인드라디오 사무실에서 진행했는데 마지막 날은 바람 님의 요청으로 퇴계로에서 진행했다. 바람 님은 식사를 함께하자는 제안과 함께 식당의 위치를 메시지로 보내주었다. 가을이 시작되던 9월, 퇴계로에서 만난 바람 님은 사무실에서 보던 느낌과는 사뭇 달랐다. 사무실 책상을 마주하고 앉아 보던 익숙한 모습에서, 도시의 거리를 땀을 흘리며 걷는 모습은 인터뷰하는 동안 보지 못했던 풍경이었다. 사무실에서 만날 때는 정신장애인 바람 님의 삶을 듣는 느낌이었다면 외부 공간에서 만났을 때는 한 중년 남성의 삶 이야기를 듣는 느낌이었다. 장소에 따라 사람을 바라보는 시선이 달라질 수 있음을 느끼는 순간이었다.

바람 님은 처음에 자신의 생애를 이야기하는 것에 대한 의문이 있었다. '왜 해야 하지?'와 '하지 못할 것은 또 무엇이지?'라는 갈림길에서 구술 작업의 의도를 묻고 또 묻는 과정을 통해 자신의 60여 년 삶을 들려주었다. 바람 님은 1963년생으로 한국 사회 민중들과 궤를 같이해 온 삶이었다. 1960~1970년대의 가난한 시절을 보내며 검정고시를 보고 중학교와 고등학교를 마쳤고, 군대를 다녀온 뒤에야 대학에 진학할 수 있었다. 바람 님의 근성으로 학업을 이어온 것이다. 85학번인 바람 님은 한국 사회의 민주화 과정을 간접적으로 경험하고 대학 졸업 후에는 공장 노동자로 취업했다. 노동 현장에 대한 대단한 결기가 있었던 건 아니었다고 해도 글로만 읽었던 삶을 몸으로 살아내고자 했던 그의 깊은 고민이 느껴졌다.

IMF를 겪고 자기 사업을 시작해서 승승장구하던 바람 님에게 불면증을 동반한 정신 병력이 찾아온 것은 39세 때였다. 바람 님에게는 그의 병력을 알고도 곁에서 든든한 버팀목으로 자리했던 몇 명의 친구들이 있었다. 바람 님은 그 친구들 덕분에 자살 충동을 참을 수 있었고, 고립되지 않고 버티며 살아갈 수 있었다. 최근에 만난 정신장애 당사자들을 보면서 이들에게도 바람 님처럼 언제든 의지하고 믿을 수 있는 친구가 한 명이라도 곁에 있으면 참 좋았을 것이라는 아쉬움을 여러 번 느꼈었다.

인터뷰 하는 동안 바람 님은 질문에 답을 하며 역으로 질문을 던지고는 했다. 그리고 네 번째 만남에서 우리가 살아온 이야기를 들려 달라고 요청했다. 우리는 2시간에 걸쳐 각자 살아온 이야기를 했다. 이야기를 들으며 바람 님은 사이사이 질문도 했고 우리는 질문에 충실히 답했다.

바람 님은 나이 오십이 되면 돈 버는 일로 삶을 소비하지 않고 자신이 하고 싶은 일들을 하며 살겠다는 계획이 있었고, 그 계획대로 삶을 꾸려가고 있었다. 자신과 주변을 돌보며 살아가려 노력하는 그의 삶이 경이롭게 느껴졌다. 많은 사람이 생각은 하지만 실천하기는 어려운 일을 바람 님은 조용히 실천하고 있었다.

바람 님을 생각하면 누군가가 떠오르곤 했다. 한참이 지나서야 《나무를 심은 사람》의 주인공임을 떠올렸다. 허허벌판에 꾸준히 나무를 심어 결국에는 풍요로운 숲을 만든 사람. 바람님은 허허로웠던 자신의 삶에 꾸준히 물을 주고 가꾸어 자신이 원하는 삶으로 만들어 가는 중이다. '나무를 심은 사람'이 한 그루 한 그루 정성스레 나무를 심듯, 바람 님도 자신의 삶을 정성스레 가꾸어 나가고 있다. 바람 님의 나무 그늘 아래에서 바람 님의 친구들이, 우리가 한숨 쉬어가고 있는 중인지도 모르겠다.

초야나비

나 도 언젠간 저렇게 출근하겠죠?

정신장애 관련해서 많은 사람이 관심을 가져주면 좋겠
어요. 저는 라디오 방송에서 정신장애 당사자들도 주변
의 사람들과 다름없이 살아가는 것을 보여주고 싶어요.

초야나비는 1995년생 여성이다. 조현병과 과거에 있던 일이 반복해서 생각나는 편집증이 있다. 특히 고등학교 때 선생님들이 괴롭힌 기억이 반복해서 떠올라 힘들다. 고등학교 졸업 후 직업 교육을 받고 세무사 사무실에 취직했다. 일하면서 실수하는 것에 대한 두려움이 너무 심했다. 신천지에서 만난 언니가 병원에 같이 가줘서 우울증 진단을 받았다. 일을 계속하면서 환청 증상이 점점 더 심해졌고, 결국 아버지와 다시 병원에 갔다. 약 부작용으로 몸에 힘이 없어지고 하루 종일 누워서 잠만 잤지만 현재는 적절한 치료를 받으면서 조금씩 좋아지고 있다. 발병하기 전에 배웠던 중국어를 계속 배우고 있다. 아프기 전에 공부한 것을 유지하고 싶어서 노력하는 중이다. 마인드라디오에는 자기의 이야기에 공감해 주는 사람들이 있어서 좋다. 방송을 통해 정신장애 당사자들도 주변 사람들과 다름없이 살아가는 것을 보여주고 싶다.

저는 1995년 7월 21일에 안산에서 태어났어요. 엄마는 전업주부였고, 아빠는 횟집을 운영했는데 IMF가 터지면서 망했어요. 그러고 나서 부모님은 이혼했고 저랑 두 살 터울 남동생은 해남으로 내려가게 됐어요. 아빠는 일 때문에 지방에 다시 내려가고 저랑 동생은 할머니네 집에서 살게 된 거죠. 할머니, 할아버지가 저희를 키워줬어요. 그 집에서 9살 때까지 살았던 것 같아요.

해남에서 다녔던 초등학교는 분교였어요. 1~2학년, 3~4학년, 5~6학년이 한 교실에서 함께 수업을 들었어요. 1~2학년 학생을 다 합쳐도 10명이 안 됐어요. 그때는 친구들이랑 어울려 놀지는 않았는데 외로움 없이 잘 지냈던 거 같아요. 친한 친구가 없으니까 아침에 와서 수업 듣고 집에 갈 시간 되면 혼자 집에 가고 그랬어요.

지금 안 먹으면 또 굶어야 할지 몰라

9살 때 아빠가 데리러 와서 나주로 이사했고 새엄마랑 살게 됐어요. 새엄마 자식이 둘 있어서 여섯 식구가 같이 살았는데 그때 너무 힘들었어요. 제가 폭식하는 습관이 있는데, 그 습관이 그때 만들어졌어요. 돈이 없고 형편이 어려우니까 밥을 많이 굶었어요. 그때부터 음식만 보면 '지금 안 먹으면 또 굶어야 할지 몰라' 이런 생각이 엄청 강하게 들어요. 요즘도 그럴 때가 있어요.

할머니 집에서는 할머니가 밥도 잘 챙겨주고 그랬는데, 나주에 오니까 새엄마는 고깃집에 일하러 가서 집에 잘 안 계셨어요. 아버지는 공판장에서 과일 나르는 일을 하고 한 달에 40만 원 정도 벌었어요. 40만 원 가지고 어떻게 6명이 먹고살아요. 아빠는 그 뒤로 택배 일을 하셨는데, 설날이나 추석 때만 조금 더 벌어오지 그때가 아니면 한 달에 많이 벌어봐야 100만 원 정도 받았던 것 같아요.

또래와 어울리기 어려웠어요

초등학교 6학년 때 아빠가 새엄마와 이혼하고 서울 사당동으로 왔어요. 6학년 때 전학을 오니까 학교 수업을 못 따라가다가 나중에는 그냥 공부에 손을 놨어요. 그래서 중학교 때 빵점을 연속으로 두 번 맞아봤어요. 한 번도 아니고 두 번을요. 저는 빵점을 받는데도 아무 감정이 들지 않았어요. 열심히 공부했는데 이런 점수가 나왔다면 억울하고 화나고 그럴 텐데 제가 공부 안 하고 봤으니까 어쩔 수 없다고 생각했어요.

중학교 때 친구 문제 때문에 너무 힘들었어요. 남자애들이 절 많이 괴롭혔거든요. 더 이상 남자애들한테 괴롭힘당하기 싫어서 여자 상업 고등학교에 갔는데 여자애들도 괴롭히더라고요. 고등학교 때 기억은 별로 떠올리고 싶지 않아요.

제가 고등학교 올라갈 때 이번에는 진짜로 친구를 잘 사귀고 싶어서 결심한 게 있어요. 애들은 공부 잘하는 애를 좋아하니까 제가 공부를 잘하면 관심을 가져줄 거라 생각하고 매일매일 일요일에도 학교에 가서 공부했거든요. 근데 오히려 견제하더라고요. 어떤 애들은 이용하려고도 했어요. 그래서 공부를 하면 할수록 친구들이랑 멀어지는 것 같았어요.

제가 다녔던 학교는 사립 학교라서 그런지 20년, 30년씩 일하는 선생님들이 있고, 그런 분들은 영향력이 있잖아요. 그중에 저를 때리려고 한 선생님이 있었어요. 그 선생님이 저에 대한 안 좋은 말을 하고 다녀서 다른 선생님들이 "너는 공부도 잘하고 성실한데 왜 이렇게 망가졌니?", "너같이 참다 참다 화내는 사람은 반드시 대가를 치른다" 이런 말도 하더라고요. 언제는 수업 시간이 다 끝나지도 않았는데 애들이 그냥 나가길래 "선생님 쟤네 도망가요"라고 얘기했더니 선생님이 소리 지르면서 막 화내다가 저를 때리려고 했어요.

제가 또래 친구들이랑 어울리지 못한 이유는 공상이 심해서

였던 것 같아요. 저는 초등학생 때부터 공상을 하기 시작했어요. 어떤 공상이냐면요. 제가 되게 높은 사람이 돼서 경제적인 부를 누리는 상상을 해요. 그렇게 혼자 소설을 썼던 것 같아요. 공상을 하고 있으면 정말 즐거웠어요. 공상을 할 때 환청이 조금 들려서 귀가 따가웠던 기억이 있어요. 아무 때나 그런 상상을 하니까 걷다가 차에 치일 뻔한 적이 진짜 많았어요.

고등학교 3학년 때 증세가 왔어요

고등학교 3학년 1학기에 친구로 인한 스트레스가 너무 심해서 빨리 취직해야겠다고 생각했어요. 그래서 중앙아동보호센터에 지원해서 회계랑 총무를 맡게 되었는데, 뭐랄까 제가 상상했던 직장이 아닌 거예요. 저는 주로 사회복지사를 지원하는 역할을 했는데 자기가 왜 사회복지사가 됐는지 고민하시는 분들이 정말 많았어요. 사회초년생이었던 저는 '같이 일하는데 왜 나는 별정직이고 저 사람은 정규직일까?' 이런 생각이 들더라고요. 아무리 노력해도 정규직이랑 별정직은 다르니까 노력할 기회도 안 준다는 생각이 들어서 3개월 일하다가 관뒀어요.

취업했다가 그만두고 학교도 안 가고 집에만 있는데 제가 이러고 있는 걸 아무도 몰랐어요. 아빠는 일하고 밤에 늦게 들어오고, 남동생도 고등학교 1학년 때부터 아르바이트한 돈으로 혼자 알아서 살더라고요. 그냥 서로 신경을 안 썼던 것 같아요.

고등학교 3학년 겨울부터 다음해 5월까지 편의점에서 아르바이트를 했어요. 그때 시급이 4,500원이었는데 하루에 5시간 일하고 한 달에 50~60만 원 정도 벌었어요. 그런데 돈 계산을 잘못하면 월급에서 제했어요. 일부러 실수하는 걸 노리는 손님도 많았어요. 거스름돈을 잘못 줄 뻔한 적이 있었는데 건네주기 직전에 알아채서 다시 계산했더니 손님이 "아이 그냥 주지" 이러더라고요. 어떤 손님은 몇 백 원이 없어서 이걸 못 사니 몇 백 원만 빼달라고 하고, 편의점 아르바이트생이 무슨 돈이 있다고 물건을 팔러 오는 사람도 많았어요. 제가 편의점에서 하도 당해가지고 조금 억세졌어요. 제가 사람에 대한 거부감이 있지만 아르바이트를 오래 하니까 유연하게 넘어가요. 편의점 아르바이트에도 단계가 있어요. 초반에는 손님을 두려워하다가, 중간 단계 때는 손님한테 대들다가, 신선 단계가 된 사람은 손님이 떠들어도 "그렇군요. 제가 말해보겠습니다. 다음엔 서비스 더 드리겠습니다" 이렇게 원만하게 넘어가요. 저는 신선 단계까지는 못 갔고 중간 단계까지 갔었어요.

고등학교 3학년 11월부터 증세가 있었던 것 같아요. 공황 상태에 빠져서 머리가 아프고 어질어질하고 열이 심하게 나고, 견디기 힘든 상태가 계속됐어요. 환청도 심해지더라고요. 제 마음속에 있던 생각을 누가 막 제 귀에 대고 얘기하는 거예요. 증세가 심하게 올라오면 가위눌린 것처럼 누가 제 몸을 못 일어나게 누르는 것처럼 압박감이 들었어요. 그래서 하루 종일 집에서 울고 밥도 안 먹고 맨날 누워있으니까 아빠가 그때야 제가 이상한 걸 알게 된 거예요.

3년 동안 신천지에 다녔어요

제가 19살 때 '학교 가지 말고 직장도 관둬야지' 이런 생각을 하고 있을 때 신천지 사람을 만났어요. 저는 원래 주변 사람을 경계하는 편이거든요. 어느 날 카페에 갔는데 그날따라 사람들이 유난히 제 다리 밑에 있는 콘센트에 코드를 자꾸 꽂으려고 다가오더라고요. 조금 거슬렸지만 아무 생각 없이 공부하다가 주변을 살펴보니까 어떤 여자분이 계속 웃으면서 저를 쳐다보는 거예요. 그래서 왜 그러냐고 했더니 자기 학교 학생증을 보여줘요. 미국에서 대학을 나와 한국에서 스트레스에 관해 연구하고 있다면서 저한테 무엇 때문에 스트레스를 받는지 물어봤어요. 그렇게 얘기를 하다가 친해진 거예요. 그 언니가 저한테 영어를 알려주겠다며 다른 언니한테 제 얘기를 했는데 그 언니가 저를 보고 싶어 한다고 그랬어요. 저는 싫다고 했죠.

하루는 언니가 말했던 그 언니가 여기 근처에 있는데 제가 아니라 자기를 보러 오는 거라고 하면서 찾아왔어요. 그렇게 만났는데 그 언니가 성경으로 심리치료를 한다고 그러는 거예요. 그래서 아주 대단한 학문이라는 생각이 들어서 점점 같이 만나는 걸 좋아하게 됐어요. 그런데 어느 날 그 언니가 자기는 지방에 내려가게 돼서 이제 성경을 못 알려준다고 성경학교 같은 데를 소개해 줬어요. 그래서 면접을 보고 다니기 시작했어요.

그때 제가 스무 살이 됐을 땐데요. 아빠는 돈이 없으니까 저한테 지원해 주는 것도 없었어요. 일하느라 바빠서 제 졸업식에 한번 와 본 적이 없어요. 고등학교 졸업식에도 신천지 사람들이 왔어요. 성경학교 봉사원들이 밥도 사주고 약도 사주니까 그 사람들이랑 어울려 지내는 게 좀 괜찮았어요. 오후에는 편의점 아르바이트를 하고 저녁에는 성경학교 다니고, 집엔 맨날 밤 12시에 들어갔던 것 같아요. 근데 아빠는 몰랐대요. 제가 돈이 없어서 편의점에서 하루 종일 일하는 줄 알았대요. 그걸 3년간 몰랐어요.

신천지에서는 성경학교가 끝나는 시점에 여기가 어딘지 알려줬어요. 성경에 '이긴 자'라는 게 나오는데 그 이긴 자가 이만희라고 했어요. 그게 누구냐고 물었더니 영상을 보여주더라고요. 너무 충격을 먹어서 머리가 아팠어요. 이때까지 그렇게 기도를 많이 했는데 도대체 그 기도를 누가 들은 걸까? 싶더라고요. 성경학교가 끝나고 졸업식을 치르는데 5만 원씩 회비를 걷었어요. 전 그때 돈이 없어서 편의점 알바하며 들었던 적금 깨서 냈어요. 그렇게 신천지를 한 3년 정도 다녔어요.

실수할까 봐 겁이 났어요

21살 때 취업성공패키지를 통해 전산세무 2급 자격증을 땄어요. 그냥 회계까지는 쉬운데 '세무'가 들어가는 순간 어려워요. 전산회계가 말 그대로 기장하고 장부를 만드는 거라면 전산세무부터는 부가세나 소득세 같은 원천세가 들어가요. 그래서 일반 회사는 전산회계 1급만 있어도 들어가는데, 세무사 사무실에서는 전산세무 2급 정도 있어야 일할 수 있어요.

21살에 회사에 들어가서 처음으로 회계 일을 하니까 '내가 이거 잘못하면 내가 다 책임져야 하는 거 아냐?', '맞게 하는 걸까?' 하는 생각에 시달리다가 도저히 일을 못하겠는 거예요. 첫 직장에서 만난 과장님과 실장님이 소리를 고래고래 질러서 엄청 무서웠어요. 얼굴이 빨개질 정도로 식은땀이 나더라고요. 그래서 3일 만에 그만둬 버렸어요. 실수할까 봐 겁이 났어요.

한두 달 지나서 다른 곳에 면접을 봐서 붙었는데 거기는 두 달 다녔나? 저는 아무것도 모르는데 직원이 저랑 과장님 밖에 없는 거예요. 제가 하는 일은 간단한 심부름 정도고 과장님이 하나부터 열까지 다 하는 거예요. 그런데 세무사님이 제가 보조를 잘 할 거라고 생각하고 채용했는데 아무 도움이 안 되니까 한 달만 더 써보고 저를 자를지 말지 결정하겠다고 해서 제가 지금 자르라고 하고 나왔어요.

그러고 나서 학원에 취직을 했는데요. 그 학원이 국가보조금을 자꾸 횡령하는 거예요. 학원 이름도 몇 번 바꿨대요. 그 학원에서 일을 하다 제가 손님이랑 싸웠던 적이 있어요. 과장님이 제게 괜찮다고, 잘했다고 얘기해주고는 원장님한테는 제가 잘못한 것처럼 얘기를 하니까 너무 화가 났어요. 그리고 또 돈 빼돌리는 일을 하는 것에 대한 고민도 있어서 그만뒀어요.

그러고 나서 마지막 세무사 사무실을 다녔는데 거기는 좀 짜증을 내긴 했지만 그래도 일도 잘 가르쳐주고 제가 어느 정도 일을 하더라고요. 별로 힘들지도 않았고 잘 다니고 있었는데 한 3개월쯤 되니까 아빠가 사업한다고 저보고 경리 일을 해보지 않겠냐고, 월급 180만 원은 맞춰준다고 해서 그만두게 됐죠.

아빠랑은 2016년부터 일했고 한 달에 80만 원 받고 있어요. 월급이라고 하기엔 적고 용돈이라기엔 큰 금액이죠. 아빠는 중고나라에서 의자나 가구, 파티션 등을 판매해요. 아빠가 찍은 사진을 제가 중고나라에 올리면 사람들이 보고 전화로 주문해요. 그러면 아빠가 물건값과 배달비를 받고 판매를 하는 거예요. 저는 광고와 견적서를 만들고 세금계산서도 뽑고, 세무사한테 자료 주는 일을 하고 있어요. 사무실도 없이 제 방에서 일을 하다 보니 출근하는 느낌이 안 들어요. 일이 없을 때는 낮잠 자고 일어났다가 전화 받으면 일하고... 아무 보람이 없어서 할 때마다 귀찮다는 생각만 들어요.

제가 어렸을 때부터 상처를 많이 받아서
이런 병이 생긴 것 같아요

지난달부터 대학 병원으로 진료를 받으러 다니고 있어요. 우울증 약을 15개 이상을 먹고 있는데도 우울한 증상이 가라앉지도 않고 계속 심해지니까 의사가 대학 병원으로 가보는 게 좋겠다고 권했어요. 그래서 대학 병원에 갔더니 우울증 약을 두 개로 확 줄인 거예요. 그것 때문인지 원래 엄청 우울해야 하는데 기분이 들떠있고 그래요. 2주에 한 번 병원에 가는데 진료를 볼 때 자살 충동을 느낀다는 이야기를 매번 해요. 그러면 선생님이 잘 듣고, 그냥 약 처방했다고 하고 끝이에요.

올 초에 조현병에서 ADHD로 진단이 바뀌었고, 다시 8월에 조현병 진단을 받았어요. 기분이 좋을 땐 엄청 좋다가 안 좋을 때는 극단적인 생각이 들어요. 처음 자살 충동을 느꼈던 건 스무 살 때였어요. 그때는 세상이 깜깜해 보였어요. 지난달에는 칼을 사서 자해를 하려다가 경찰이 와서 칼을 빼앗아 갔어요.

요새는 일주일에 한 번 정도 자살예방센터에 전화를 해요. 지난번에도 전화해서 인터넷으로 칼을 주문했다고 말했는데 상담하는 분이 경찰에 신고해서 경찰이 저희 집으로 와서 칼을 빼앗아 간 거예요.

스트레스를 받으면 몸에 경련이 와요. 제가 어렸을 때부터 상처를 많이 받아서 이런 병이 생긴 것 같아요. 제 상처의 원인은 큰아빠에요. 제가 해남 할머니 집에 살 때 큰아빠가 아마 이혼을 하고 할머니 집으로 내려와 있었어요. 제가 7살 때였는데 큰아빠가 거기를 안마해 주면 천 원씩 주겠다고 하는 거예요. 그때는 그게 어떻게 생겼는지도 몰랐고 지금 하는 행동의 의미가 뭔지도 몰랐어요. 그냥 안마해 주는 거라고 넘겼던 것 같아요. 근데 중학생 정도 되니까 그때 생각이 갑자기 확 드는 거예요. '그때 그 행동이 그거였어' 하고 놀랐던 거죠.

그 일이 있었던 건 제가 유치원 다니고 있을 때였는데 초등학교 때까지는 그때 기억이 안 났어요. 지금까지 아무한테도 말하지 않다가 몇 달 전에 아빠한테 말했어요. 아빠가 큰아빠가 아프다고 몇십만 원을 주고 보이차를 사서 줬다는 거예요. 너무 화가 나서 아빠 형이 저를 성희롱했다고 말했어요. 그랬더니 아빠가 "무슨 소리 하는 거냐"라고 하면서 어디 가서 그런 소리 하지 말라는 거예요. 너무 화가 났어요. 제가 아빠였으면 진즉에 찾아가서 형을 두들겨 패줬을 텐데. 아빠는 저한테 "그게 도대체 몇 년 전 일인데 20년도 지난 얘기를 왜 지금 얘기하냐"라고 했어요. 저는 사춘기 때 이 일로 분노가 가득했는데 말이죠.

그 안에서 저는 평범한 사람이에요

아빠가 교회에 가서 친구를 사귀어 보라고 해서 저희 집 옆에 있는 교회에 찾아갔어요. 신도도 꽤 있었고 그 중에 제 또래도 있었어요. 초등학교, 중학교를 같이 나온 애가 있었거든요. '비상'이라는 청소년 정신건강센터가 있는데 거기도 같이 다녔던 친구였어요. 걔도 다른 사람이랑 어울리지 않더라고요. 근데 되게 신기한 거는 비상에 다녔던 또 다른 애가 있는데 비슷한 사람들끼리 모여있더라고요. 다 같이 있었어요.

비상에 다닐 때 그 친구들하고 큰 어려움은 없었는데 좀 안 통하는 게 있죠. 안 통한다는 건 별로 친해지고 싶지 않다는 거예요. 비상에 나간 지 얼마 안 됐을 때 어떤 예쁘장한 애가 좀 친해지니까 자기 비밀을 말해주겠대요. 자기 집은 원래 부자였는데 자기가 어렸을 때 북한에서 내려온 간첩이 사기를 쳐서 집이 가난해졌대요. 그리고 자기가 우리은행에 취직했는데 그 간첩이 손을 써서 우리은행에서 일을 못 하게 됐다고, 그 간첩을 꼭 잡아야 한다고 그러는 거예요. 거짓말 아니라고 그렇게 얘기했는데, 그 애한테 복지카드가 있더라고요. '아니 저렇게 멀쩡한데 왜 복지카드가 있을까?' 생각했는데 걔가 정신장애인 등급을 받았더라고요.

비상에는 되게 신기한 사람이 많았어요. 현란하게 춤추는 사람도 있었고, 누가 듣든 말든 노래 부르던 사람도 있었어요. 친해지고 싶은 사람은 많았는데 아무래도 거긴 시설이다 보니까 단짝 친구를 만드는 게 아니라 다들 자기만의 세계로 바빠요. 그래서 딱히 누구랑 어울리지도 않고 크게 문제를 일으키지도 않아요. 그 안에서 저는 평범한 사람이에요. 단짝 친구가 있었다면 그 애하고 있을 때만큼은 편안한 느낌이 있을 텐데, 단짝 친구를 사귀어 본 경험이 없어요.

그러다가 비상에서 만난 동생 조이가 함께 하자고 해서 마인드라디오 방송을 시작하게 되었는데요. 라디오 방송을 하면 제 이야기를 하고 사람들과 소통할 수 있어서 좋은 것 같아요. 정신장애 관련해서 많은 사람이 관심을 가져주면 좋겠어요. 저는 라디오 방송을 통해 정신장애 당사자들도 주변의 사람들과 다름없이 살아가는 것을 보여주고 싶어요. 지난주에 잘 모르는 당사자 활동가들과 첫 방송을 했는데요. 저도 모르게 저의 속 깊은 이야기를 하게 되더라고요.

"아빠가 병을 인정하지 않아서 처음에 치료를 받기가 힘들었어요. 증상이 심해지니까 조금 인정하시긴 했는데, 받아들이시기에 힘드신 것 같아요. 병을 병으로 인정해 줬으면 좋겠습니다. 흔히 정신질환은 자기가 이겨내야 한다고 남들은 말하지만 그 말을 비유로 들자면 다리가 부러졌는데 다리가 다시 저절로 붙을 때까지 고통을 이겨내라는 말이 아닐까요?"

— 〈설날특집〉 '또 봐서 좋다'
2021년 2월 26일 마인드라디오 방송

나도 언젠가 저렇게 출근하겠지?

스무 살 때 카페에서 앉아 있으면 우아하고 차가운 도시 여자 같은 그런 느낌이 있어서 품위 있어 보이려고 카페를 많이 갔어요. 지금도 매일 아침 7시에 스타벅스에 가요. 커피 한 잔 시켜놓고 앉아서 출근하는 사람들을 보는데 매일 마음이 달라져요. 어떤 때는 '나도 언젠가 저렇게 출근하겠지?' 하고 예전에 직장 다녔던 생각도 나고요. 어떤 때는 '저 사람들 대단하다. 저렇게 출근하고 열심히 일하다 퇴근하고 이렇게 하루를 보낸다는 건 슬픈 거 같다' 이런 생각도 들고 그래요.

초등학교에서 중학교 때는 제가 공부를 잘하고 똑똑해 보이는 인상인데 실제로 이야기를 나누고 어울리다 보면 이상한 사람이라는 걸 눈치챌까 봐 조마조마했어요. 어렸을 때 저는 뚱뚱하고 말귀 못 알아듣고, 만만한 애였어요. 괴롭히기 좋은 애였죠. 학교 다니면서 왕따가 아닌 적이 없었고 저를 때리는 애도 있었어요. 지금 같으면 열 대를 맞더라도 한 대는 꼭 때리는데 그때는 그런 게 없었어요.

제가 운동을 좋아하는 사람이 됐으면 좋겠어요. 살을 빼기 위해서만은 아니에요. 다른 사람에게 보이는 건 중요하지 않아요. 제가 제 자신을 봤을 때 별로 밝지 않아서 운동을 통해서 밝아졌으면 좋겠어요.

약 부작용으로 살이 많이 쪘어요. 그래서 무언가를 새롭게 시
작하기보다 살을 빼기로 비상 선생님과 약속했어요. 살을 빼서
예쁜 원피스를 입고 싶어요. 그냥 입고 싶어요.

○ 기록자의 말 – 단단해진 마음으로

김진열

초야나비 님은 지난해 비상에서 라디오 교육을 진행했던 달팽이 피디의 소개로 만났다. 비상에서 또래 친구들 사이에서 리더 역할을 했고 이야기도 잘해줄 것이라며 추천의 변을 말했다. 연락처를 받아 초야나비 님에게 문자를 넣고 서울 사당동으로 약속 장소를 잡았다.

약속 장소로 가는 길에 나의 차림새를 사진으로 찍어 전송했다. 카페에서 서로 못 알아보면 어쩌나 싶기도 했고, 서로 긴장을 조금이나마 풀었으면 싶어서였다. 초야나비 님은 나이보다 훨씬 앳된 얼굴이었다. 조곤조곤 낮은 톤의 말투로 자기 할 말을 차분히 잘하는 사람이었다.

첫 만남이라 얼굴을 익히고 살아온 이야기를 대략 듣고 다음 만남부터 첫 번째 인터뷰를 시작하려 했다. 하지만 그는 첫 만남에 자신의 살아온 이야기를 꽤 상세하게 풀어놓았다. 힘들었던 유년 시절부터 청소년기의 성장 과정을 감정의 고조 없이 담담하게 들려주었다.

초야나비 님의 유년 시절은 정주하지 못하고 떠도는 삶이었다. 부모님으로부터 살뜰한 보살핌을 받을 수 없는 환경이었다. 한국 사회에 불어닥친 IMF가 한 가정에 미친 여파를 초야나비 님의 성장기를 통해 볼 수 있었다. 그는 부모님의 이혼과 조부모님의 그늘 아래서 유년 시절을 보냈으며 친구 관계도 원만하지 않았다.

초야나비 님의 성장기에는 마음을 나눌 사람이 없었다. 처음 만나 이 작업의 취지를 설명하자 "내가 살아온 이야기를 들어주는 사람이 있으면 좋죠" 하며 살며시 웃었다. 자신의 이야기를 누군가가 들어준다는 것만으로도 초야나비 님은 이 작업에서의 의미를 갖고 있었다.

초야나비 님은 힘들었을 시간에 대한 이야기도 그 시절을 해탈한 사람처럼 차분하게 설명해 주었다. 마음을 주고받을 수 있는 친구가 단 한 명이라도 있었다면 일하느라 바쁜 아빠와 자기 삶을 꾸리기 바빴던 남동생과 나누지 못했던 고민과 상처를 나눌 수 있었을 것이다. 그랬다면 삶에 지쳤을 때 큰 위로와 의지가 되었을 텐데 하는 아쉬움이 컸다.

센터에서 정신장애 당사자 친구들과 만나서 맺는 관계의 한계를 이야기할 때는 듣는 나도 막막하기만 했다. 일상에서 친구를 만나고 함께 나누는 즐거움을 만끽하지 못하는 삶이 안쓰럽다가도 자신의 삶을 스스로 찾아 나서는 길 위에 서 있는 그를 보며 안도하기도 했다.

초야나비 님은 대부분 시간을 집안에서 혼자 보내고 있었다. 서울에 올라와 햇빛이 보이는 집에서 살아본 적이 없는 그는 스스로 밥을 해 먹고 자신의 방을 꾸미는 것을 배우지 못한 상황이었다. 모든 식사를 배달 음식 혹은 편의점에서 혼자 해결한다는 그는 누군가 밥을 하는 모습이나 반찬을 만드는 모습을 보거나 배운 적이 없었다.

누군가의 보살핌을 받는다는 것은 살아가는 방법을 배우는 과정이기도 하다. 이 과정이 없었던 초야나비 님에게 친구와의 교류는 마음을 나누는 것을 넘어서 일상을 살아가는 방법을 배우는 과정이 될 것 같다.

첫 만남에 식사를 매번 배달 음식이나 편의점 음식으로 해결한다는 이야기를 듣고 두 번째 만남은 패스트푸드점에서 가지기로 했다. 이른 오전 시간이면 손님도 없을 테니 식사도 하고 조용히 이야기를 나눌 생각이었다.

이날 초야나비 님은 친구들과의 점심 약속이 있었다. 뒤늦은 생일 축하 자리가 있다고 했다. "선생님 우리 언제 끝나요? 저 친구 만나야 해서 ○○시에는 나가야 해요." 멀리에서 오는 친구들을 만나기 위해 종종걸음으로 나가는 그를 보며 오랜 시간 이야기를 나누지는 못했지만 마음이 놓였다.

세 번째 만남은 두 달 후, 초야나비 님의 집 앞 카페에서 이루어졌다. 지난 인터뷰 내용을 토대로 정리한 원고를 보여주고 추가 인터뷰를 진행하는 자리였다. 카페는 지하철역 뒤편으로 접어들어 오래된 연립주택들이 늘어선 골목길에 있었다.

그가 매일 하루 한 번 이용한다는 카페는 테이블 4, 5개가 전부인 작은 동네 카페였다. 그는 이곳에서 매일 하루 한 잔의 커피를 마시며 시간을 보낸다고 한다. 오래된 단골이라 그런지 이야기를 나누는 사이사이 카페 손님들과 인사를 나누기도 했다.

이날 만남에서 초야나비 님은 한 달 전에 ADHD에서 조현병으로 다시 진단 받았다고 말해주었다. 그리고 자살 충동을 자주 느낀다고 했다. 지난번 만남에서는 어학 공부도 하고 세무 공부도 해서 취업을 하고 싶다고 했었기에 더 당황스러운 상황이었다. 자신의 자살 충동에 대해 담담히 말하는 초야나비 님을 보며 한동안 어떤 말을 해야 할지 당혹스러웠다.

그는 자살 충동은 오래된 일이며 지금도 여전히 자살 충동을 안고 생활하고 있다고 한다. 하지만 오직 그것이 삶을 지배하는 것은 아닐 것이다. 편의점 아르바이트를 하며 사람을 만나고 대하는 태

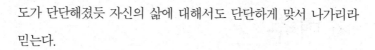

도가 단단해졌듯 자신의 삶에 대해서도 단단하게 맞서 나가리라
믿는다.

조명수

비정상적인 사람의 이야기가 도움이 될까요?

저도 눈치가 있는 사람인데 이 환청이 나를 해방해 줄
환청인지 같이 지내야 할 환청인지는 판단하고 있지
않겠어요?

조명수는 1963년생 남성이다. 40세에 조현병 환자 절반 이상이 경험하는 관계망상 증상과 환청이 시작되었다. 처음에는 환청이 주는 고통이 심했으나, 현재는 긍정적인 내용의 환청이 들려서 환청과 잘 지내고 있다.

새롭게 시작하는 활동을 환청이 응원해 주고는 한다. 마인드라디오 교육과 영상 제작, 구술 생애사 작업도 환청이 의미 있는 일이라고 응원해서 참여하게 되었다. 이러한 활동들이 자신의 정체성을 잃지 않게 해준다고 말한다. '조명수'라는 사람을 감추고 싶지 않아 환청을 이해시키는 '환청 운동가' 활동을 하고 싶어 한다. 그래서 정신장애인의 인식 개선에 도움이 되고자 한다. 정치적인 목소리를 내고 사회운동가들을 이해시켜 사회를 변화하게 하는 것이 자신의 역할이라고 생각한다.

저는 목포에 있는 철도 관사에서 태어나 12살 때까지 그곳에서 자랐어요. 일제강점기 때 지어져서 다다미방도 있었고 요새 기준으로도 꽤 큰 집이었어요. 앞뜰도 있고 뒤뜰도 있고 한 60~70평은 됐던 것 같아요. 아버지가 꽃을 좋아하셔서 뒤뜰에다 해바라기, 채송화, 맨드라미, 봉숭아, 무화과나무도 심고 꽃밭을 가꾸셨어요.

아버지는 철도 공무원으로 일하셨는데, 굉장히 완고하고 유교적이고, 비리를 싫어하는 분이셨죠. 한번은 승진을 노리고 어떤 사람이 어머니한테 쌀 한 포대를 보내줬어요. 근데 아버지가 아시고 대노하셔서 그 쌀을 당장 돌려줬고, 그것 때문에 크게 집안 싸움이 있었던 일도 있었어요. 비리 쪽은 아예 손도 안 대고, 누가 뭘 준다고 해도 받지 않았죠. 고등학생 때까지 아버지와 지냈으니 그런 기억이 많아요. 아버지의 그런 성격이 제가 학생운동 하는 데 영향을 끼쳤다고 볼 수도 있어요. 아버지를 닮아 저도 남하고 막 터놓고 지내는 성격도 못 되는 것 같고, 비리를 싫어하는 것 같아요. 아버지가 일제강점기 때, 일본 사람하고 크게 싸워서 함경북도 회령까지 쫓겨 가신 적이 있대요. 관사 쪽에서는 관두라는 의미로 그 먼 곳까지 보낸 것이었겠죠. 어머니와 아버지는 회령까지 가서 근무하고, 같이 고생하다가 해방하고 다시 내려오셨어요.

친어머니가 따로 계신다는 건
중학교 2학년 때 알았어요

아버지가 50세 때 친어머니가 저를 낳으셨어요. 원래 양어머니한테서는 아들이 없고 누님만 한 분 계셨죠. 옛날 분들이라 저희 친어머니를 첩, 그러니까 둘째 부인으로 들여서 아들을 본 게 저였어요. 친어머니 쪽으로 누님이 두 분 계시고, 양어머니 쪽으로 한 분 계셔서 누님이 세 분인 거죠. 누님들과는 친근감 있게 살아오질 못했어요. 큰누님과는 나이 차가 굉장히 컸고 둘째, 셋째 누님들은 나이 차이는 별로 안 나는데 같이 산 적이 별로 없었죠. 지금도 좀 서먹해요. 제가 아프고, 바깥 활동도 많이 하는 게 아니라서 왕래는 많이 없어요. 큰누님 생신이라고 몇 번 만났던 적이 있고 근 20년 사이에 만남은 없었어요.

친어머니가 따로 계신다는 건 중학교 2학년 때 알았어요. 그전에는 몰랐죠. 어렸을 때 부모님이 부부싸움을 하시면서 "자기도 아들 키우느라 고생은 했지" 그런 식으로 말하는 걸 보고 처음으로 이상하다고 느꼈었어요. 나를 키우느라 고생했다는 얘기인가? 그래서 뭔가 이상하다는 생각이 들긴 했는데 중학교 2학년 때 친어머니가 집으로 오셔서 정식으로 알게 됐죠. 조금 감을 잡아서 그런지 크게 충격받진 않았어요. 아버지 영향을 받아서

인지 저도 좀 유교적인 면이 있어요. 어린 나이가 아니어서 충격 받을 수도 있었는데 자연스럽게 받아들여지더라고요. '아버님이 나이가 많으시니까 그러셨구나' 하고 생각했죠.

친어머니는 분풀이 겸 한풀이로 간혹 아버지와 양어머니 욕을 하시죠. 친어머니는 그 두 분과 사이가 별로 안 좋았어요. 아버님은 완고하신 분이라 아들만 데려오고 어머니의 인생을 책임질 생각은 없었던 거죠. 제가 보기에는 그래요. 양어머니도 첩까지 둘 입장이 못 되니 친어머니가 물러나길 바라신 거죠. 친어머니는 "사람들이 모질기도 하지 아들만 싹 뺏어버리고, 나는 모른 척하고 그런 사람들이 어디 있냐"라고 한풀이했었죠. 전 묵묵히 듣고 있는 수밖에 없었어요.

중학교 3학년부터 고등학교 2학년까지는
양쪽을 오고 가며 지냈어요

친어머니는 서울에 올라가서 장사를 하셨어요. 큰 부자는 아닌데 장사를 하시면서 우리보다 돈을 좀 많이 버셨나 봐요. 그래서 집이 두 채가 되니까 한 채를 우리한테 주셨어요. 돈을 전혀 안 받은 건 아닌데 굉장히 싼값으로 주시면서 저를 서울에서 대학교를 보내 공부시키라고 하셨어요. 아버지가 그 제의를 받아들이면서 서울에 올라오게 된 거죠. 중학교 2학년 때 서울시 동대문구 제기동에 있는 성일중학교로 전학 갔어요. 그러다가 제가 고등학교 2학년 때 아버지가 돌아가시고, 양어머니는 제가 대학교 막 마쳤을 때 돌아가셨어요.

옛날 분들은 아들 못 낳은 걸 큰 죄로 여기잖아요. 그래서 양어머니는 대를 잇지 못해 굉장히 참고 사셨나 봐요. 저를 아들처럼 잘 보살피고, 어렸을 때 아픈 저를 등에 업고 병원에 데리고 다니고, 꽤 고생을 하신 걸로 알아요. 이런 말을 하는 게 좀 그렇지만 양어머니와 살면서 키운 정이 크다는 걸 많이 느꼈어요. 양어머니를 친어머니처럼 따르고 그렇게 같이 잘 지냈죠. 친어머니가 미운 건 아닌데 약간은 어색하고, 만나도 서먹한 게 한동안 갔었죠. 친어머니라고 갑자기 확 가까워지는 건 아니더라고요. 양어머니와 더 가까웠고, 친어머니는 저를 많이 도와주신 분이었죠. 대학에 가서 학생운동할 때, 장사하고 아이들 키울 때 꾸준히 저를 도와주셨어요. 나이 들어가면서 친어머니가 고생하신 걸 알게 되니 서서히 정이 붙었죠.

어머니가 두 분이면 힘들 것 같다고 생각할 수도 있는데, 눈치주는 분들이 아니셔서 힘들진 않았어요. 아버님과 두 어머님 모두 저에게 잘해주셨거든요. 중학교 3학년부터 고등학교 2학년까지는 양쪽을 오고 가며 지냈어요. 방학 때 되면 친어머니한테 가서 용돈을 받아오고 그랬죠. 아들 생각해서 주신 거죠. 아버지는 공무원이셨는데 돈을 많이 모으지 못했던 모양이에요. 곧이곧대로 사니까 월급만 받아서 살았는데 두 분이 젊었을 때 크게 다치면서 수술비가 많이 나와 고생하셨다고 들었어요. 그래서 돈을 모으지 못했다고 하시더라고요. 퇴직할 때 있었던 게 딱 집 한 채뿐이었어요. 서울에 올 때도, 1970~1980년대의 집값에 비해 퇴직금이 얼마 안 되잖아요. 목포 집값이 서울 집값에 비하면 한참 모자라죠. 친어머니가 턱없는 값으로 집을 주지 않았으면 서울에올 형편이 안 되는 거였죠.

저는 보통 사람이었어요

제가 공부는 잘했어요. 부끄러운 오점이 하나 있는 게 중학교 때, 공부 잘하는 학생 뽑아서 반에서 한두 명 장학금을 준다고 해서 한번 커닝을 시도하다가 걸렸던 적이 있어요. 걸려서 개망신을 당했죠. 담임선생님이 부모님을 오라고 해서 "얘가 공부를 잘한다고 그랬는데 이런 방식으로 잘했던 게 아니냐"라고 학교에서 크게 혼났던 적이 있어요. 아버지가 어떤 속셈이었는지 모르지만 크게 혼내지는 않더라고요. 공부할 때 구구단을 못 외거나 그러면 좀 맞기는 했어요. 아버지가 유교적이라서 귀한 자식일 수록 매로 가르쳐야 한다고 생각하셨거든요. 중학교 때까지 아버지가 직접 숙제 검사도 다 해주고, 공부를 봐주셨어요.

중학교 때 사귀고 싶었던 첫사랑이 있었는데요. 대학 시절 학생운동할 때 조사를 받은 적이 있어요. 집에 있는 책을 싹 몰수해서 조사관들이 다 읽어보잖아요. 중학교 때 썼던 편지, 첫사랑에 대한 글, 보고 싶은 감정 이런 걸 써놨던 걸 읽더니 조사관들이 저더러 "보통 사람이었구나" 그러더라고요. 저는 보통 사람이었어요.

투철한 의무감보다는 책 읽고 토론하는 게 좋아서
학생운동을 시작했어요

저는 서울대 농과 대학에 갈 수 있는 성적이었는데 재수는 절대 안 된다는 말 한마디에 포기하고, 인하대 공대로 갔어요. 학생운동을 하게 된 계기는 투철한 의무감은 아니고요. 대학 선배들이 굉장히 잘해주고, 술도 먹이면서 꼬시더라고요. 4·19 혁명이 어떻고, 5·16 군사 정변이 어떻고 하는데, 1학년 때라서 그런 거는 별로 생각하지 않았고, 오직 술 먹고 책 읽고 토론하는 게 좋았죠. 고등학교 때부터 도서부 서클 활동을 할 만큼 책 읽기를 좋아하고, 토론하는 것도 좋아했어요. 대학 서클도 처음에는 공부하고 책 읽고 토론하는 게 좋아서 시작했는데 계속해야 할지 고민이 됐어요. 아버지가 돌아가시고 여러 가지 집안 문제가 겹치면서 고뇌가 컸죠. 1학년 때 한번 서클을 관둔 적이 있는데 그러면서도 비슷한 서클을 벗어나질 못했어요. 그러다가 주로 활동하던 선배들도 군대 가고, 맡아줄 사람이 없다고 그래서 다시 들어가게 된 다음부터 쭉 변함없이 운동을 같이했죠.

저는 삼민투가 큰 사건인 줄 몰랐어요

대학교 3학년 때 제적을 당했어요. 학생운동에 치중하다 보니까 공부는 뒷전이었죠. 교수들이 총학생회실, 서클룸으로 저를 찾아다니며 애먹었어요. 만나봤자 성적 얘기나 졸업 얘기를 할 테니까 피했죠. 1985년 대학교 4학년 때 인하대 삼민투* 위원장으로 활동하다가 처음 감옥에 갔죠. 위원장이 어떻게 되었는지

---

* 전국학생연합 산하 민족통일 · 민주쟁취 · 민중해방투쟁위원회의 약칭

도 모르겠어요. 아주 똑똑한 선배가 한 분 계셨는데 그분이 저를 위원장 명단에 올려놓은 걸 나중에 알았죠. 정부에서 치는 바람에 결성되자마자 삼민투는 바로 해산되었어요. 그러지 않았으면 한 1년은 활동했을 거예요. 저는 삼민투가 큰 사건인 줄 몰랐어요. 어떤 선배가 삼민투 위험하니까 나가지 말라고 했거든요. 당시엔 자유로운 분위기여서 잡힐 줄 모르고 학교 뒤에 있던 서점에 갔다가 바로 잡혀서 이 꼴이 됐잖아요.

정권에서는 삼민투를 전국 조직으로 엮더라고요. 우리는 자생적으로 삼민투를 만들었지, 서울대 가서 결의서 쓰고 그런 건 아니었어요. 그때 잡혀서 감옥에 1년 반 있었는데 이때 학생운동의 대지진이 발생했어요. 그전까지는 NL*이니 PD**니 이런 게 없었는데 제가 감옥 들어가고 난 다음에 그런 게 생겼다고 그러더라고요. NL과 PD로 갈라져서 친한 친구, 선후배끼리 싸우고 서클도 다 없어져 버리고 엉망이었어요. 저는 감옥에서 굉장히 훌륭한 분을 만났는데 그분은 제헌의회 쪽이어서 저도 그쪽으로 정리를 하고 나왔어요. 후배들을 만나서 이야기하는데 말이 안 통하는 거예요. 선후배 만나서 토론한다고 밤을 새운 게 한두 번

---

*   National Liberation의 약자로 운동권의 한 정파인 민족해방파를 의미함
** People's Democracy의 약자로 운동권의 한 정파인 민중민주파를 의미함

이 아니에요. 우리 딴에는 중요한 인맥이니까 서로 끌어오려고
했는데 도무지 안 통했어요. 그게 기억에 많이 남네요.

친어머니, 양어머니 두 분 다 제가 학생운동하는 걸 적극적으
로 반대하셨어요. 양어머니는 6·25를 겪어서 빨갱이에 대한 적
개심이 심했어요. 학교에서 학생과 사람들이 집으로 찾아와서
양어머니께 그러다가 제가 빨갱이 된다고 조심하라고 말한 거예
요. 양어머니가 그전에는 뭔지 잘 모르다가 그때부터 말리셨죠.
한번 학교에 찾아오셔서 학생과 담당 교수님이랑 싸우기도 하셨
어요.

그때는 아버지가 돌아가신 후였는데, 양어머니가 많이 힘드셨
죠. 양어머니는 평생 남편을 기둥으로 안고 살았던 분이셨어요.
의지할 곳 없는 양어머니를 친어머니가 부양해 주셨어요. "자기
만 믿고 살아라"라고 하시면서요. 제가 감옥에서 나온 지 한 달
도 안 되었을 때 양어머니가 돌아가셨는데 그때까지 친어머니가
양어머니를 책임져 주셨어요.

감옥에 들어간 이후부터 어머니는 제가 학생운동하는 것을
전폭적으로 지지하기 시작하셨어요. '우리 아들은 앞으로 나아
갈 길이 이쪽이구나' 판단하신 거겠죠. 민주화실천가족운동협의
회에 나가 보시기도 하고, 거기서 다른 어머니들도 만나시면서
바뀌셨어요. 우리 어머니는 데모도 잘 못 하시는데 다른 어머니

들과 같이 데모도 하시고, 교도소에도 같이 면회를 오면서 저를
지원해 주셨어요. 그 뒤로 저는 상처가 있어서 운동을 그만뒀는
데 어머니는 오히려 그때 사귄 어머님들과 계속 활동하셨어요.
저는 그만뒀어도 어머니는 나이 90이 되어가는데도 민가협에 계
속 나가셨어요. 바통을 이어받은 거죠. 어머니가 "내가 대신하
지" 그러시더라고요.

'각서' 쓴 거를 가장 큰 상처로 안고 살지요

학교 졸업하고 3~4년 정도 지나서 노동운동 현장에 들어갔어
요. 제가 눈이 나쁘다 보니 공장에는 오래 있지 못했어요. 렌즈도
껴보면서 공장에 들어가려고 시도해 봤는데 눈이 부어서 도저히
공장 생활을 못 하겠는 거예요. 선배가 그러면 노동자를 가르치
라고 해서 그렇게 했죠. 저는 당시 밑에 있었으니까 자세한 사정
은 잘 모르는데 나중에 천천히 생각해 보니까 사노맹 쪽이었던
것 같아요. 제헌의회 쪽이었는데 조직이 어떻게 되었는지 지금
도 전혀 몰라요. 단지 그게 작은 조직은 아니었고 인천 지역에서
꽤 큰 조직으로 활동할 수 있는 조직이었다고 짐작하죠. 당시엔
대부분 가명을 썼는데, 저는 '박철민'이란 가명을 운동하는 내내

썼어요. 그렇게 노동자 생활하면서 인천 지역 노동자해방투쟁위원회 사건으로 두 번째 감옥에 들어갔죠.

수감 생활 이야기는 썩 유쾌하지는 않은데 고문을 많이 받지는 않았어요. 자술서 쓰고 그럴 때 한 열흘 정도 잠을 안 재우더라고요. 엄청난 고문이라고 생각할 수도 있는데, 제 기준으로 그 정도는 고문이라고 치지 않아요. 더 심하게 맞고 몸 상한 선배들도 있는데 열흘 정도 잠 안 재운 정도로 고문당했다고 생각하지 않아요. 자술서를 그들이 원하는 대로 써줬으니... 그게 죄책감으로 남았죠. 다른 건 다 모르겠는데 나가면 기관원(프락치) 하겠다고 자술서에 쓰라는 거예요. 그걸 버텼어야 했는데 버티질 못하고 그대로 써버렸어요. 그게 나중에 어떤 영향을 미칠지 생각해보기도 전에 그냥 써버렸어요. 쓰고 나니까 그제야 이런 생각이 드는 거죠. '이거 안 썼어야 하는 건데 내가 왜 썼을까? 왜 썼을까?' 수감 생활 끝내고 집에 와서 친구들을 다시 만났을 때 두고두고 죄책감으로 남았어요. 그래서 제가 운동을 끝까지 못 했죠. 안 그랬으면 운동을 더 열심히 했을 텐데... 어떤 때는 안기부 직원들이 찾아올 것 같아서 불안했고 어떤 때는 친구들이 저를 시험하는 것 같기도 해서 이런 심정으로는 운동을 계속 못 하겠다고 생각했어요. '각서' 쓴 거를 가장 큰 상처로 안고 살지요.

근데 제가 선배들한테 좀 섭섭한 거는, 많이 반성했는데 정보도 잘 안 주고 조금 소외시키더라고요. 두 번째로 감옥 갔다 오면서부터 제대로 운동을 못했어요. 저를 의심한다는 느낌이 드는데 운동을 할 수 있었겠어요? 나중에 세월 살다 보니까 환청이 알려준 이야기가 있어요. 학교 다닐 때 남들은 선배들이 감옥에 들어갔을 때 어떻게 해야 하는지 교육을 시켜준다는 거예요. 거짓말도 할 수 있고, 몇 대 맞더라도 자기 주변의 친구들을 누구까지만 불고, 나머지는 불면 안 된다는 식으로 교육을 다 받았다는 거예요. 저는 그런 교육을 한 번도 받은 적이 없어요. 선배들이 도대체 저를 어떻게 하려고 그런 건지 알다가도 모르겠어요. 그러니까 저는 어떻게 해야 할지 알 수가 없으니까 제대로 불 수밖에 없었죠. 조사원들이 더 잘 알거든요. 옛날부터 누적된 정보가 있어서 새로 가입한 몇 명만 모르지 그 위에는 자기들이 더 빠삭해요. 그래서 그 말이 틀리면 난리가 나는 거예요. 누가 새로 들어왔는지 알아내려고 그런 거죠. 전 뿌리가 없어요. 제가 받은 교육이 있는 그대로 받는 교육인 줄 알았는데...

그렇게 두 번째 감옥을 다녀온 뒤에 동국대학교 부근에서 복사 가게를 했었는데요. 학생들이 투쟁위원회 유인물 같은 걸 복사하러 자꾸 오는데 양심상 제가 거절할 수가 없잖아요. 그걸 다 복사해 줬는데 그게 문제가 돼서 6개월 정도 감옥에 갔었죠. 그때 아내가 고생 많이 했어요.

아내는 제가 유일하게 건진 사람이었죠

그 일이 있고 나서 짧게 방황했는데, 집사람은 참 속이 좋아요. 그 당시에는 온통 나를 사랑해서 그런지 가자는 대로 다 따라왔죠. 민중당 활동하다가 제가 그만둔다고 하니까 같이 그만두고 결혼했죠. 각서 쓴 것 다 알았는데도 그대로 믿어주었죠.

집사람은 대학교 때 선배가 소개해 줘서 만났는데 저랑 동갑이고 운동권이었어요. 집사람 선배들은 NL 쪽이었어요. 저는 PD 쪽으로 정리했는데 그때 함께 얘기하다가 쉽게 저를 따라서 와버리더라고요. 아내는 제가 유일하게 건진 사람이었죠. 후배도, 동료도 아무도 내 말을 들어주지 않는데 유일하게 견인한 한 사람의 동지자.

우리 집사람은 성격이 참 좋아요. 주변에 친구들도 많고, 대학교 다닐 때도 이념을 떠나서 이쪽도, 저쪽도 친구로 잘 지내요. 교회에 가서도 친한 사람들이 많아서 심심하지 않아요. 저는 죽겠는데 자기는 여기저기 다니고 이 친구, 저 친구 만나고, 한번 나가면 몇 시간씩 놀다 오고 그러죠. 그래서 제가 뭐라 그러면 자기는 이런 재미도 없으면 무슨 낙으로 사느냐고 그러더라고요. 자기 주변 사람들은 남편이 다 직장이 있고, 돈을 확실하게 다 벌어서 아내는 집에서 살림만 한다는 거예요. 근데 저는 돈을 못 버니 집사람이 나가서 버는데 그것도 충분하지 않아서 피곤한 거죠. 제가 해준 게 없으니까 할 말이 없죠. 집사람이 자기가 기독교를 믿지 않았으면 벌써 이혼했다고 그래요. 근데 우리 집사람이 워낙 저를 좋아해요.

가장 즐거웠던 그 시절로 다시 돌아가고 싶어요

학생운동을 끝까지 더 열심히 했으면 자랑스러웠을 텐데 중간에 관두었으니 안타까워요. 어쨌든 제일 큰 원인은 제가 자술서를 썼기 때문이었죠. 그 생각만 하면 요새도 짜증이 나요. 다른 친구들은 운동을 계속하는 사람도 있고, 또 나와서 사업하더라도 운동권이랑 같이 연계하는 사람들도 있는 것 같아요. 그런 사람들이 참 부러워요. 물론 운동권을 떠난 사람들은 많은데 저는 안 좋게 떠난 것이고 그 사람들은 각자 앞으로 무엇을 할지 논의 끝에 떠난 거예요. 그래서 떳떳하고 자랑스러워하고 서로 돕더라고요. 그런 걸 보면 나만 혼자 외롭다는 생각이 들죠.

어떤 놈이 술 먹다가 "당신은 왜 감옥에 세 번씩이나 갔소" 그러더라고요. 남들은 한 번 가기도 힘든데 세 번이나. 정작 잘하는 사람들은 걸리지도 않고 잘 숨더라고요. 어느 날 환청이 저한테

'너 보통 사람이라고 무시하지 마라' 이러는 거예요. 그 사람들이 다 안기부 직원이니 누구도 무시하면 안 된다고 해서 깜짝 놀랐죠. 언젠가 감옥에 갔을 때 만난 서울대 83학번 학생이 사방을 돌아봐도 아무도 없이 노인 한 사람만 걸어가는데 안기부 직원이어서 깜짝 놀랐던 적이 있다고 말했어요. 그때 그 말이 생각나더라고요.

이젠 세월이 많이 흘러서 그때 일을 생각하면서 살지는 못하는데 젊었을 때는 많이 생각했어요. 한참 운동하다가 그만둔다고 할 때 이런 생각을 많이 했었죠. 아무 잡음 없이 즐거웠던 시절은 대학교 4학년, 잡혀가기 전까지였던 것 같아요. 잡음 없이 운동하고, 후배들도 가르치고, 공부하고, 선배들 쫓아다니면서 데모하고 이런 시절. 그런데 각서를 쓰면서 마음의 점이 찍힌 것 같아요. 가장 즐거웠던 그 시절로 다시 돌아가고 싶어요.

어느 날 운동권 시절 선배가 찾아왔어요

40살 정도 되었을 때 저는 평범하게 가게를 운영하고 살고 있었거든요. 그런데 어느 날 운동권 시절 선배가 찾아왔어요. 같이 부동산 사업을 해보지 않겠냐고 해서 굉장히 반가웠고 그렇게 하고 싶다는 생각이 들더라고요. 세상이 민주화되었잖아요. 주변에 아는 사람들은 다 잘사는 것 같고 나만 이렇게 살고 있다고 생각했는데 그 선배가 나타났으니 반가웠어요. 나에게도 또 기회가 왔다고 생각했는데...

부동산 공부를 1년 남짓 해서 자격증을 따고, 같이 부동산을 했어요. 저는 순수한 마음으로 함께 시작한 건데, 선배는 다른 목적이 있다고 느꼈어요. '나에게 옛날 일을 조사하려고 그러나?' 하는 생각도 들고 아무튼 부동산업이 전부가 아니라는 느낌을 받았어요. 제가 학생운동을 왜 그만뒀는지 선배도 알기는 아는데 계속 질문하는 것 같았고 또 그런 문제가 정리되어야 같이 일할 수 있지 않겠냐는 뉘앙스도 풍기고 좀 그랬어요.

그 선배가 왜 다시 나타났는지 생각해 봤어요. 선배가 속한 조직에서 저를 선거에 크게 이용하려고 했던 것 같아요. '어머니가 아들을 운동권 프락치를 시키려고 했다'라고 보도하면 전 국민이 들고일어날 것 아니에요. 1987년 박종철 사건도 그런 것 아니에요? '악! 하니까 억! 하고 죽었다'라는 말 때문에 전 국민이 들끓었죠. 그렇게 선거에 크게 한번 이용하려고 그랬던 것 같은데 시기를 놓친 거죠. 그 선배는 왕십리 쪽에서 여전히 부동산 한다고 그러더라고요. 그런데 그건 그냥 저한테 하는 이야기고, 정부 관련 일을 한다면 위장했겠죠. 안기부 직원처럼. 이러니까 내가 미친 사람이죠. 그때부터 환청이 들리기 시작한 거예요. 그 일이 저를 평생 해야 할 일, '환청 운동가'의 길로 인도한 것 같아요.

환청은 자신을 이렇게 설명했어요. 우리나라에 환청이 필요한 부분이 있어서 전 국민이 환청에 대해서 알아야 하는데 모르고 넘어가거나 이해를 못 하는 사람들도 있대요. 그래서 저를 통해 환청을 믿도록 설득해야 하고. 선전해야 한다고 해요. 그게 환청 운동가의 길이에요.

민주화가 되지 않았다면 저는 죽었을지도 몰라요

환청 증상이 처음부터 심하진 않았어요. 초기에는 집사람이 하는 학원에 가서 돕기도 하고, 사업하는 선배에게 가서 아르바이트도 하고 그랬는데 그럴 때마다 환청의 그림자가 느껴졌어요. 부동산 사업 이후부터 환청이 저에게 거는 게임과 함께 살았다고 보면 되죠. 한 20년 됐네요.

환청이 하는 이야기 중에 '위대한 구라맨 전사 작업'이라는 게 있어요. 환청은 저를 '구라맨'이라고 불러요. 자기들이 사람을 좀 더 건강하게 몇백 년 더 살게 할 수 있는데 그걸 위해서는 제가 고통스럽고 장엄하게 전사하기를 원해요. 그게 선배가 제 앞에 나타난 이유래요. 처음에는 팔다리를 자르고 그다음은 불로 지지고, 눈도 파고 결국은 죽는다고 그랬어요.

환청 때문에 고통스러워하는 모습을 친어머니가 옆에 지켜보시면서 가슴이 많이 아프셨겠죠. 환청 때문에 아프거나 헷갈릴 때 어머니께 도움을 많이 받았어요. 환청 이야기를 하면 어머니가 그럴 리가 없다고 말해주셨어요. 그럴 때는 안심이 되고 도움이 많이 되었죠.

친어머니하고 제 관계는 업인 것 같아요. 어머니 인생도 편치가 않아요. 어머니와는 고척동에서 가게를 하고 있을 때만 해도 같이 있었어요. 그런데 어머니와 싸우게 되고 불편해지는 일이 생기더라고요. 결국 어머니가 떠난다고 하셨는데 제가 잡지를 못 했죠. 근데 환청이 제 탓이 아니라 자기들이 저와 어머니를 함께 하지 못하게 막았다고 그러더라고요. 어머니는 아직 구로동에 살고 계세요.

가만 생각해 보면 저도 보통 인생이 아니에요. 만약에 이렇게 민주화가 안 되고, 전두환 정권이 계속 이어졌다면 저는 죽었을지도 몰라요. 같이 학생운동하던 친구 중에 사라진 친구가 있었어요. 환청이 '너 때문에 죽었다'라고 그러더라고요. 직접적인 가해자는 아니지만 제게 책임이 있다고 말했죠. 제가 1988년 4월에 결혼했거든요. 감옥 나오자마자 제가 운동 그만두고 결혼할 때 제 결혼식장에 왔었는데 그다음 달에 행방불명돼서 사람들이 찾고 난리가 났었어요. 안치웅*, 서울대 82학번. 지금도 밝혀지지 않았죠.

제 입장이 되면 환청을 믿을 수밖에 없어요

점점 증상이 심해지니까 집사람이 병원에 가자고 그래서 맨 처음에는 삼육병원 정신과에 갔었어요. 그러다가 경희대학교병원 정신과로 옮겨서 지금까지 쭉 다니고 있죠. 집사람은 초반에 긴가민가했을 거예요. 환청이 저한테 이런 생활이 금방 끝난다고 해서 그 말을 집사람한테 했거든요. 초기에는 그 말을 믿기도 했나 봐요. 제가 그전에 살아온 게 있으니까. 하지만 서너 번 그게 사실이 아니라고 밝혀지고 병원에서 의사가 치료해야 한다고 하니 요새는 제가 하는 말은 전혀 믿지 않죠. 의사는 수감 생활이 환청에 영향을 줬다고 봐요. 제가 보기에는 그렇지 않아요. 또 저는 환청이 하는 말을 사실로 보고, 의사는 제 상상이라고 보죠.

---

* 1982년 대학 입학 후 민주화운동에 참여. 1985년 민주화추진위원회에 참여하여 1년간 감옥에 갇힌다. 1987년 박종철 열사가 물고문으로 사망하고, 안치웅은 1988년 5월에 실종되어 2010년에서야 행방불명된 민주화운동가로 인정받는다.

그게 의사와 저의 차이점이죠.

그 후로 재산이 조금씩 축나기 시작했어요. 제가 알기로는 두 번이나 잔액이 0원이 됐어요. 아내가 주머니에 돈이 한 푼도 없이 메말라 가는데 그걸 두 번을 겪었어요. 아내가 자기는 하느님 밖에 믿을 곳이 없었다면서 기도를 열심히 했다고 그러더라고요. 10년 전에 민주화운동 보상금을 받게 돼서 고비를 넘겼죠.

제가 집사람에게 환청한테 들은 이야기 중에 '아들딸들이 내 자식이 아니다' 그런 얘기를 했더니 무척 싫어하더라고요. 자기 아들딸이 아니면 누구 아들딸이냐고 하면서 화내고 싫어해요. 처음에는 저도 부정했는데 환청이 최면으로 그런 게 가능하다면서 납득시키는 거죠. 저는 믿고, 집사람은 안 믿는 상태예요. 크게 싸우기보다는 집사람은 언짢아하죠. 제가 생각해도 제가 집사람 입장이라면 너무 싫을 것 같아요. 환청이 제일 경계하라고 말하는 사람이 친어머니와 장인 영감이에요. 두 분이 안기부 직원이라고 몰아붙이거든요. 집사람이 듣기에는 끔찍한 이야기들이잖아요. 그걸 믿고 싶지 않을 것 같아요. 미안하죠.

우리 집사람은 환청을 믿지 말라고 해요. 제가 말하면 좀 그렇지만 제가 보기에는 믿어 버리면 안 되니까 안 믿는 것 같아요. 저의 건강이 회복되기를 원하는 입장에서 그렇게 이야기하는 건데, 환청에 20년 시달려 온 저는 거기에 몰입이 되어 있어요. 현재 상태는 빠져나올 수 없는 상태죠. 제 입장이 되면 환청을 믿을 수밖에 없어요.

환청에서 벗어나려고 애썼던 적도 있어요. 근데 환청이 '3년 뒤에는 풀려난다', '내년이면 끝난다' 이런 식으로 거짓말을 많이 해요. 한 10여 번은 속았을 거예요. 지금은 괴롭지 않아요. 환청과 평생 함께하는 것에 대해서 받아들이고 있어요. 그 정도는 할 수 있을 것 같아요.

환청을 이기는 건 불가능해요. 환청은 우리나라 전체를 대표하는 조직이고 집단이니까요. 어느 세상에서도 개인이 조직을 이겼다는 얘기는 들어보질 못했어요. 언젠가 환청이 농담 삼아 네 말 잘 듣는 사람 만 명이나 이만 명 보태 줄 테니 싸워보자고 했어요. 백만 명을 데려와도 안 될 거라 그러더라고요.

저도 눈치가 있는 사람인데 이 환청이 나를 해방해 줄 환청인지 같이 지내야 할 환청인지는 판단하고 있지 않겠어요? 환청을 내쫓는 건 불가능해요. 오히려 저한테는 그게 더 안 좋은 것 같아요. 그러면 저한테 남은 게 뭐가 있어요. 20년을 실컷 고생했는데 한 푼도 못 받고, 남들은 믿어주지 않는 얘기하고 있고, 약 먹고, 돈은 다 없어지고... 초기의 자본금이라도 되돌려 주면 싶어요.

요새 들어서는 환청이 '우리를 위해서 조금만 희생해다오. 팔다리가 조금 삐거나, 부러지거나 이 정도는 해줄 수 있지 않느냐.

사람들에게 경종을 울리기 위해서 그런 것이다'라고 해요. 옛날에 죽인다고 할 때보다는 낫죠. 환청의 요구사항이 약해진 이유는 제가 힘이 세져서 그런 것은 아니에요. 듣기만 해도 끔찍하고, 믿기도 힘든 일을 사실처럼 말해서 사람을 죽인다고 하는 건 너무 심하니까 좀 줄여서 이야기를 하는 거겠죠. 왜 저한테 그런 걸 원하는지 원망스러워요.

선거 때가 되면 잠을 못 자요

40대 이후 정신병원에 여러 번 입원해 봤어요. 정확한 횟수는 기억을 못 하겠는데 일곱 번 이상은 될 거예요. 한방에 많게는 다섯 명, 적게는 서너 명 있었죠. 한 번 들어갈 때 한 20일 정도 있었어요. 쓰러져서 들어간 적도 있고, 환청이 괴롭혀서 스스로 들어간 적도 있고, 집사람이 가자고 해서 간 적도 있어요. 환청이 심할 때는 찢어 죽인다는 이야기가 너무 현실감 있게 다가오니까 병원에 들어가면 나을까 싶어서 들어갔어요. 신기하게 입원하고 하루 이틀 이상 지나면 그런 공포가 줄어들어요.

병원에 가자마자 환청이 좋아지지는 않잖아요. 환청과 계속 대화하고 약 먹으면서 견뎌야 해요. 의사가 주는 약이 좀 독해요.

그래야 자니까. 독한 약 먹고 나면 하루 이틀 자버리는 경우도 있고, 한창 고통이 심했던 이명박 정권 때는 한 번 약 먹으면 사흘씩 자는 약을 줬어요. 그러니까 환청에 미쳐버리는 거예요. 의사가 시간이라도 가라고 그런 약을 주었는지 모르겠는데 약을 한 번 먹으면 3일씩 자버려요.

나중에 생각해 보니까 밥은 먹고 잔 건가 싶어요. 밥을 먹어도 어떻게 먹었는지 모르고 화장실에 가도 비틀비틀하는 몽롱한 상태죠. 갑자기 환청의 내용이 바뀌어서 친어머니가 저를 때리러 몽둥이를 들고 온다, 칼을 들고 온다고 하더라고요. 그런 이야기가 들리니까 슬슬 무서워졌죠. 이명박 정권이 노무현 정권 다음 한나라당 정권이잖아요. 환청이 나중에 설명하기를 구 공화당 정권, 전두환 정권 시절로 되돌아갈 그런 가능성이 있는 시기여서 제가 힘들었다고 하더라고요.

저는 선거 때가 되면 잠을 못 자요. 환청이 잠을 안 재워요. 잠 못 자는 기간이 점점 더 길어지는 것 같아요. 선거 3개월 전부터 그러기도 하고, 어떤 때는 6개월 전부터 그러는 것 같기도 해요. 선거가 바짝 다가오면 4~5일 연속 잠을 못 자고 눈이 시뻘게지고 괴롭죠. 약을 먹으면 잘 수 있는데, 환청이 약을 못 먹게 해요. 제 나름대로 운동에 보탬이 되는 일이라 생각이 들어서 따라주고 있어요. 일선에서 뛰지는 못하지만, 조금이라도 보탬이 되고 싶은 그런 마음이에요. 옛날에 국회의원들 보면 386세대들 쭉 나오는 것 보면 아는 사람도 꽤 있고 그렇잖아요. 잘 되었으면 좋겠다는 생각도 들어요.

좋은 세월이 와봐야 결판이 날 것 같아요

우리 집사람은 아이들한테 욕심이 많았어요. 그래서 아이들은 크게 잘못된 것 없이 다들 잘 됐어요. 어려서부터 공부 잘하고 착하게 컸죠. 그리고 환청이 우리 집을 완전히 관리했다고 생각해요. 환청은 그런 능력이 있어요. 요새 환청이 우리 가족을 '구라맨 가족'이라고 부르더라고요. 제가 '구라맨'이니까 우리 가족은 '구라맨 가족'인 거죠. 환청이 아들부터 시작해서 엄마나 딸도 환청의 영향을 받는다고 얘기를 하더라고요. 그런 면이 걱정스럽죠.

가족들이 저를 환자로 보는 게 답답해요. 저는 환청을 사실로 믿고 있어서 환청이 하는 얘기를 그대로 받아들이니까 가족들은 제 말을 믿어주지 않는 상태가 쭉 계속되고 있는 거죠. 가족들이 어떻게 해주길 바라는 건 없어요. 언젠가 제 생각 속에서는 결판이 날 문제라고 생각해요. 가족들에게만 이해를 못 받는 게 아니라, 저를 아는 사람은 다 이해를 못 하죠.

친한 친구에게도 제 병 이야기를 안 했어요. 제가 미쳤다고 생각하지 않으니까요. 저는 환청에 실체가 있다고 믿는데 다른 사람들에게 그걸 설명하고 싶지도 않고, 또 이해할 것 같지도 않아요. 그거는 좋은 세월이 와봐야 결판이 날 것 같아요. 저와 가장 가까운 집사람조차도 이해하지 않는 이야기를 할 필요가 있나 생각했어요. 저 혼자 끙끙 앓고 있던 문제고, 아무한테도 해 본 적이 없는 얘기인데 인터뷰 하면서 다 하게 되었네요. 이렇게 되니 속이 후련해요.

요즘은 코로나 때문에 밖에 나오지를 못하니 더 자고 싶고, 일어나기가 싫어요. 센터라도 매일 나가면 나은데 코로나 때문에 못 나가니까 짜증 나고 그렇죠. 코로나가 여러 사람을 잡고 있어요. 요새 집에 집사람하고 저 이렇게 둘밖에 없잖아요. 집사람은 자격증 딴다고 학원도 다니고 친구들과 나가 노느라 바빠요. 저랑 놀아줬으면 좋겠는데 저하고는 영 말을 섞지 않아요. 대화하자고 해도 집사람이 제가 항상 자기 얘기만 한다는 거예요. 자기는 믿고 싶지도 않은 이야기를 왜 자꾸 하냐고 그래요. 집사람이 보는 세계하고 제가 보는 세계가 다른 거죠. 섭섭하죠. 그나마 제가 당구를 좋아해서 친구랑 같이 치고 있어요.

저는 예전부터 사업을 하고 싶었는데 어떤 사업을 할지는 깊게 생각해보지 않았어요. 부동산 사업은 제가 정하고 시작했던

사업은 아니니까요. 나이가 육십이 다 되어 가니까 사업을 배우
기엔 늦은 것 같아요. 저는 기계를 잘 못 다루거든요. 환청이 좋
은 세월이 오면 조금은 배워 보라고 그러더라고요. 천천히 나중
에 봐야죠. 제가 공부는 진짜 잘했어요. 근데 나이가 들다 보니까
의욕이 꺾이네요. 쉽지가 않아요.

○ 기록자의 말 – 여전히 투쟁하며 세상과 호흡하는 사람

주로미

　우리는 살아가면서 특별한 상황에 얼마나 놓이게 될까? 나는 생각보다 밋밋하고 별 볼 일 없는 일상을 산다. 종종 나이 드신 분들에게 이런 말을 들어 왔다. "내 살아온 삶은 말로는 다 못 해. 그 얘기를 다 하면 소설 한 권으로도 모자라지." 도대체 어떤 삶을 살아 왔기에 저런 말을 할 수 있을까? 궁금증이 일기보다는 식상한 수사라고 생각했다. 우리 주변에서 흔히 만나는 평범한 사람들의 고만고만한 일상에서 특별함을 발견하기란 쉽지 않다. 그러기에 주변 사람들을 볼 때 호기심보다 일상적으로 바라보게 되고 만다. 겪기 어려운 경험, 독특한 환경, 믿기 어려운 엄청난 사건은 유명한 사람들의 뒤를 쫓아야 만날 수 있다고 생각했다. 그러나 우리 곁에 있는 사람들에게서도 그런 사연을 접할 수 있다는 걸 조명수 씨와의 만남에서 다시 알게 되었다.

조명수 씨는 작년에 진행되었던 라디오 교육을 통해 5개월 동안 만났던 사람이다. 그래서 그에 대해 조금은 알고 있다고 생각했다. 그러나 5개월간의 만남보다 세 차례의 인터뷰에서 더 깊은 이야기를 들을 수 있었다. 그전에 내가 그에 대해 알고 있었다고 생각한 것들은 착각이었다. 그가 수업 시간에 이야기했던 '환청 운동가'라는 말이 떠올랐다. 나는 '환청과 싸우는' 운동가라는 뜻인 줄 알았다. 그런데 그게 아니었다. '환청을 대신하는' 운동가라는 걸 알고 내가 얼마나 오해하고 내 맘대로 단어를 해석했는지 알게 되었다. 어설프게 누군가를 이해하고 바라보다간 엉뚱한 해석을 하게 된다는 걸 깨달은 시간이었다.

조명수 씨와의 인터뷰는 총 세 차례 진행되었고, 매번 2시간을 넘지 않았다. 그는 대학 시절 학생운동권이었고, 이후에도 한동안 노동 현장에서 활동했는데 그로 인해 세 번이나 수감 생활을 했다는 사실을 주저 없이 말했다. 나는 이러한 경험이 조현병과 연관 있을 거라는 생각을 막연하게 했었다. 이에 대해 그는 자신의 환청과는 아무 상관 없는 일이라고 말하지만, 좌절과 죄책감을 갖게 한 '각서' 사건은 인터뷰 내내 연결되어 꼬리를 물고 이어졌다. 20대를 사회변혁과 정의로운 세상을 꿈꾸며 자신을 내던졌던 청춘. 그건 분명 빛나고 자부심을 갖기에 충분한 헌신이었다. 아무리 작은 역할을 했더라도 20대가 아니면 할 수 없었던 일들이기에 혼자만 느끼는 자부심일지언정 갖고 있으리라 생각했다. 그런데 그는 자부심은커녕 상처가 더 커 보였다. 왜 그랬을까?

가장 활발하게 활동했고 처음으로 감옥에 갔던 1985년, 자신도 어떻게 된 건지 설명할 수 없는 제헌의회와 연관되어 두 번째 감옥에 갔던 1987년. 특히 1987년은 그에게 삶의 전환점이 되었던 해였던 것 같다. 감옥에서 잠을 안 재우는 고문으로 인해 정보원이 되겠다는 각서에 서명을 했고, 그로 인해 그는 주변 사람들에게 의심의 눈총을 받아야 했다. 결국 그는 각서를 썼다는 죄책감에 시달리다 운동권의 삶을 정리하겠다고 마음먹는다. 여기까지는 그럴 수 있다고 생각했다. 나는 그에게 나라면 열흘까지 버티지 못하고 들어가자마자 모두 불었을 거라 이야기했지만, 그에겐 위로가 될 수 없는 말이었다.

조현병은 보통 10대 말에서 20대에 발병이 시작된다고 들었는데 그는 40세에 시작되었다. 눌러왔던 좌절과 죄책감이 터져 나온 건 운동권을 정리하고 10년이 지난 어느 날 운동권 선배가 찾아오면서 시작되었다. 다시 자기를 찾아준 선배가 고마웠지만, 이내 자신을 감시하는 안기부 직원으로 생각하게 된다. 난 이 지점에서 그가 안기부 직원들이 자신을 찾아올까 봐 늘 노심초사했다는 걸 느낄 수 있었다. 운동권의 삶을 포기하고 평범한 삶을 살아가면 그 굴레에서 벗어날 수 있을 거라는 판단은 그렇게 무너졌다. 나는 그와 만나 환청이 한 이야기를 많이 들었다. 간혹 그의 말인지 환청이 한 말인지 헷갈렸는데 어느 지점부터 그의 말로 듣게 되었다. 사실 언제 발병이 되어도 이상하지 않은 상태였다는 생각이 들었다. 그의 마음속 깊이 자리 잡은 건 좌절일까? 분노일까? 죄책감일까? 고통일까?

그는 인터뷰 도중 몇 사람의 실명을 거론했다. 인터뷰가 끝나면 그 사람들에 대해 알아보았다. 세 번째 인터뷰에서 그의 친구였던 안치웅과 1987년 6월 항쟁을 촉발했던 박종철 물고문 사건에 대해 지나가듯 이야기했는데 그 사건들과 그를 연결하지 못하고 듣고만 있었다. 그러다 그 사건의 시기를 생각해 보니 그도 1987년 5월에 국가보안법으로 두 번째 감옥에 들어갔다는 사실을 깨달았다. 그의 친구 안치웅은 서울대 운동권 출신으로 그 또한 1985년에 수감 생활을 했으며, 박종철과도 연관된 사람이었다. 안치웅은 조명수 씨가 감옥에서 나오자마자 1988년 4월 말 결혼할 때 결혼식장에 참석한 후 얼마 되지 않아 1988년 5월에 실종되었다. 친구의 죽음이 자신 때문이라고 믿고 있는 그를 보면서, 그 상처의 깊이가 가늠이 되지 않았다. 너무도 침착하게 말하고 있는 그. 환청이 말해준, 너 때문에 친구가 죽었지만 네가 직접적인 가해자는 아니라는 말에 안도하고 있다고 느껴졌다.

나는 조명수 씨를 만나면서 한 개인이 국가 폭력에 의해 어떻게 무너져 갔는지 보게 되었다. 민주화운동 관련자 명예 회복 보상법이 통과되어 보상을 받았다고 하지만, 그가 평생 짊어져 왔던 고통이 이걸로 회복과 치유가 될까? 그 고통은 그만이 짊어진 게 아니었다. 평생 뒷바라지했을 그의 어머니들이 있었고, 동지로 만났던 아내의 몫이기도 했다. 특히 조현병 때문에 굴절된 친어머니에 대한 그의 생각이 마음을 무겁게 했다.

그는 양어머니를 친어머니로 생각하며 살아갔던 성장기 시절에 대해 애정을 품고 있었다. 감옥에 있으면서도 그 누구보다 양어머니를 걱정했다. 홀로 남은 양어머니를 부양하고 지켜준 사람이 친어머니임에도 그에 대한 감정은 거리가 있어 보였다. 친어머니와의 싸움을 환청의 말로 대신하며 친어머니와 멀어져야 했던 당위성을 말했다. 친어머니가 안기부 직원이거나 정보원일지도 모른다는 생각이 그를 짓누르고 있었다. 나는 조명수 씨의 이야기를 들으면서 그의 어머니를 생각했다. 우리의 삶은 어디에서 굴절되는지, 삶의 울타리 안에서 규정되고 어느 순간 삶의 길이 휘어지면서 내 의지와 상관없이 닥쳐오는 사건들을 지나온 그의 어머니는 지금 무어라 말할까? 그에 못지않은 고통과 그를 지켜봐야 했던 아픔이 어머니와 아내의 삶에 녹아 있었다.

그는 자신은 미치지 않았다고 말하면서도 "이러니까 내가 미친 거죠"라며 크게 웃었다. 난 함께 웃을 수 없었다. 자신의 결백을 증명할 길 없었던 사건과 견딜 수 없는 죄책감, 자신이 쓴 각서 때문에 언젠가 찾아올 것 같은 안기부 직원, 그로 인해 또다시 고문당하거나 아니면 친구를 배신하게 될지도 모른다는 불안. 그 어디 지점에 환청이 파고든 게 아닐까?

나는 침착하게 감정에 휘둘리지 않고 그의 이야기를 듣는 것처럼 마주 앉았지만, 실은 많은 것이 흔들리고 있었다. 소중했던 삶의 한 지점이 폐기 처분되듯 부정당하고, 스스로 부정하게 된다면 나는 어떻게 했을까? 정반대의 자리에 서서 합리화하며 살고 있진 않을까? 그는 왜 그러지 못했을까? 선거철이면 잠을 못 자게 하는 환청과 그런 환청의 말을 따라주고 있다는 그는 자신이 할 수 있는 운동 방법이 이것밖에 없다고 덧붙였다. 그가 세상과 함께 호흡하고, 좀 더 좋은 사회를 만드는 데 기여하고 싶어 한다는 걸 알 수 있었다. 끈질기게 그의 발목을 잡고 놓아 주지 않는 조현병. 싸움 한복판에 서 있는 그에게 늦었지만 따뜻한 안부의 말을 전하고 싶다.

서양이

이제는 완전히 일어난 사람이에요

저는 2020년 6월 3일 수요일 3시 52분에 사는 서양이
입니다.

서양이는 1980년생 여성이다. 14살에 어머니가 돌아가신 후, 그다음 해 여름부터 눈을 감고 일어나지 않았다. 아버지가 그런 그를 귀신이 들렸다며 기도원으로 보냈고, 그 후 20여 년 동안 교회 시설과 여러 정신병원에 입원했다.

정신병원에서 친오빠의 도움으로 중학교 검정고시에 합격했고, 퇴원 후 고등학교 검정고시에 합격했다. 친오빠는 가장 의지가 되는 사람이다. 36살에 정신병원에서 퇴원을 했으나 적응하지 못해 가족 모두 힘든 시간을 보냈다. 집에서 통원 치료를 하면서 약을 조절해 더디지만 많이 좋아지는 중이다.

가족들과 보내는 시간도 즐겁지만 마인드라디오 활동을 하면서 일의 즐거움을 느끼게 됐다. 처음 마인드라디오 방송국에 왔을 때 많이 낯설어했으나, 방송도 하고 맛있는 것도 함께 먹으며 친해졌고, 사람들과 어울리며 잘 지내고 있다. 돌아가신 엄마처럼 좋은 엄마가 되고 싶다는 꿈이 있다.

저는 1980년생이에요. 어디서 살았는지 기억나지 않는데 엄마
가 저를 안고 있었던 건 기억나요. 2살인가 3살 때 큰 방안에 저
혼자 있는데 천장에 달려 있는 종소리 나는 모빌을 보면서 두 팔
을 벌리며 좋아했던 기억이 있어요. 그리고 어렸을 때 종이 인형
을 진짜 많이 갖고 놀았어요. 구미초등학교에서 쭉 가면 대문에
종이 인형을 걸어 놓고 많이 팔았어요. 근데 서울에는 아무리 찾
아봐도 종이 인형이 없더라고요.

정신병원에 있을 때 오빠가 신청해 줘서 검정고시를 봤거든
요. 오빠가 다 알려줘서 중학교랑 고등학교 모두 합격했어요. 마
음은 서울대학교 나온 것 같았죠. 누구나 공부에 관심이 많고 다
열심히 하잖아요. 근데 저는 공부를 못했어요. 뭐가 뭔지 몰라서
다 외워서 시험 봤는데 하나도 모르겠더라고요. 엄마가 살아 계
실 때 중학교 1학년까지는 학교를 한 번도 안 빠졌어요. 그런데
엄마가 돌아가시자마자 정신병원에 들어가게 되었고 6년 동안
있었어요.

엄마와의 추억은 그렇게 끝났어요

어렸을 때 엄마한테 배추전이랑 밀가루전 해달라고 애교 부

리고 그랬어요. 설탕에 찍어 먹으면 맛있었거든요. 엄마가 머리 빗어서 올려주면서 "우리 서양이는 언제 커서 딸한테 이런 걸 해 줄까" 그러기도 했죠. 엄마는 부산 사람이었는데 오빠하고 아빠 하고 집에 오면 여러 가지 음식을 해주었어요. 엄마가 해주는 김 치전도 맛있고 연근도 잘 요리해 줬어요. 엄마가 해준 음식 중에 서 배추전이 제일 생각나요. 전통 배추전을 잘하셨어요.

제가 엄마를 닮아서 요리도 반찬도 하고 싶은 게 많아요. 엄 마가 했던 요리 중에 쑥떡 찌는 거 배우고 싶어요. 제가 엄마 돌 아가시기 전에 햄을 구워줬거든요. 학교에서 돌아왔는데 엄마가 누워 계셔서 밥을 차려주고 햄을 구워줬더니 조금 먹고 다시 누 웠어요. 돌아가시기 전이라서 엄마는 감격했을 것 같아요. 그때 저는 "햄을 구워줬으니까, 엄마 빨리 나아서 햄도 먹고, 밥도 같 이 먹고 그러자"라고 말하고 싶었어요.

엄마가 돌아가실 때 아빠가 저보고 화장실 뒤쪽에서 나무를 좀 가져오라고 그러더라고요. 엄마가 급하구나 싶어 뛰어가서 나무를 몇 개 떼어 가져왔는데 돌아가셨더라고요. 몇 초밖에 안 지났는데 이상하죠? 엄마는 폐암으로 많이 아팠어요. 엄마가 돌 아가실 때 아빠가 큰 소리로 울었어요.

근데 엄마는 저를 저주하고 돌아가신 것 같아요. 제가 14살 때 엄마가 돌아가셨거든요. 그때부터 "너는 정신병원 가라. 나는 그

냥 집에 있었던 사람으로 남는다" 그러고 가신 것 같아요. 제가
그때 정신병원에 가서 좋아졌으면 엄마가 저를 축복해 준 거잖
아요. 그런데 병원에 들어가서 있었던 일을 생각하면 저를 저주
했구나 싶어요. 엄마는 저를 별로 안 좋아했던 것 같아요.

엄마가 꿈에라도 나왔으면 좋겠어요

얼마 전엔 악몽을 꿨어요. 땀이 많이 나서 일어나 보니까 7시
길래 목욕하고 나서 다시 잤는데 그때부터 악몽을 꾼 거예요. 오
후 5시까지 계속 악몽에 시달렸어요. 악몽을 꾸면 무서워서 울고
싶어요. 하나님한테 맨날 기도하고 자는데 정말 하나님이 없는
것 같고 그래요. 악몽 안 꾸려면 어떻게 자야 하는지 궁금해요.

엄마가 꿈에 나왔으면 좋겠는데 요즘엔 꿈이 잘 안 꿔져요. 꿈
에서 엄마 만나면 "엄마 보고 싶어. 나는 엄마 갔을 때 어려서 눈
물도 못 흘렸는데 엄마는 어떻게 지내?"라고 묻고 싶은데. 그럼
엄마는 잘 있다고 말해줄 것 같아요.

아빠는 돌아가신 엄마를 그리워하는 것 같아요

엄마 묘지는 벽제에 있는데요. 제가 정신병원에 6년 있다가 나왔을 때 그때 처음 가봤으니까 20년 됐네요. 20년 동안 한 번도 못 가봤는데 이제 갈 거래요. 아빠랑 오빠랑 그것 때문에 싸워서 엿들어 보니 오빠가 아빠한테 엄마 있는 데 왜 안 가냐고 하니까 아빠는 안 간다고 그러는 거예요. 오빠가 가야 한다고 하니까 아빠가 아무 말도 안 했어요.

아빠는 한 주에 세 번 정도 복권을 사요. 엄마 있을 때도 복권을 막 긁어 댔거든요. 그런 모습을 볼 때면 왜 그러는지 궁금했는데 엄마가 돌아가시니까 그때가 그리워서 그러나 봐요.

어떻게 하면 아빠하고 친해질 수 있을지 생각해 봤거든요. 아빠가 맨날 혼자 집에 있어서 못되게 구는 게 아닐까요? 제가 나갔다 들어오면 갑자기 반겨주는 분위기거든요. 집에 왔을 때 오빠가 없으면 저는 밖에 나가요. 아빠랑 같이 있고 싶어도 나쁘게 대하니까 나와요. 근데 아침에 일어나 아빠 주무시는 걸 보니까 얼굴이 많이 상했고, 돌아가신 엄마를 그리워하는 것 같더라고요. 그렇게 힘겹게 누워 자는 걸 보니까 마음이 아팠어요.

저는 오빠가 제일 좋아요

오빠가 어렸을 때는 저를 막 약 올려서 째려보고 싫어했는데
좀 시간이 지나고 보니까 착한 오빠구나 싶어요. 오빠는 저하고
너무 똑같은 사람인 것 같아요. 요즘 오빠는 3시에 매일 나가는
데 어디 가는지 말을 안 해줘요. 오빠가 밖에 나갔다 안 들어오면
아빠랑 같이 가슴 덜컹거리면서, '우리 집의 보물단지가 안 들어
왔다'라고 생각하거든요. 오빠는 고려대학교 나왔는데 공부 되
게 잘했어요.

오늘 방송국에 혼자 오는데 하나도 안 무서웠어요. 불안하지
도 않았어요. 오빠하고 같이 오던 길이니까. 오빠하고 수요일에
같이 올 때 저 혼자 오거든요. 오빠가 좀 있다가 온다고 저 먼저
가래요. 그래서 제가 막 빨리 오면 꼭 먼저 도착하고 오빠는 먼저
온 적이 없어요. 오빠가 곧 올 거라는 생각을 하면 좀 환상적이구
나. 뒤에서 오니까 믿음직스럽죠.

저는 오빠가 제일 좋아요. 엄마보다 오빠가 좋아요. 그런데 오
빠가 싫을 때가 있어요. 갑자기 절 붙잡고 "너는 왜 그러니. 자꾸
만 왜 그래?" 그러는데 왜 그러는지 모르겠어요. 자꾸만 성질을
내더라고요. 이상했어요. 오빠는 화나면 따가운 가시가 돋는 고
슴도치 같아요. 그러면 오빠 같지 않아요.

오빠가 엄마를 많이 닮았어요. 목소리도 비슷하고 아빠한테 술 먹지 말고 밥 먹으라고 잔소리해요. 아빠는 맨날 심심하다고 술을 먹고 밤새도록 텔레비전을 크게 틀어놓아요. 그것 때문에 깬 적이 얼마나 많은지 몰라요. 드라마에서도 보면 아빠가 술 먹을 때 아들이 같이 술 먹으면서 대화도 하고 그러는 것 같은데 오빠는 왜 그러지 않는지 모르겠어요. 오빠가 아빠한테 대들었나 봐요. 근데 아빠는 못됐더라고요. 오빠한테 자꾸 소주 사 오라고 그러잖아요. 그러면 오빠가 화가 나서 막 뭐라 그러더라고요. 그래도 오빠는 마음이 약해져서 사 온다니까요. 오빠는 엄마 닮았으니까. 여자 같은 마음, 엄마의 마음이죠.

아빠가 미니스커트를 못 입게 하는데 아빠가 그러지만 않았어도 오빠는 사줬을걸요. 오빠는 저랑 같은 세대잖아요. 제가 미니스커트 입고 싶다고 하니까 아빠가 술집 여자 되려면 그러라고 자꾸 괴롭히는 거예요. 아빠가 막걸리를 저보고 사 오라고 하면서 "이 술집 여자" 하고 가더라고요. 정말 기분 나빴죠. 오빠가 슈퍼 앞에서 왔다 갔다 하면서 저 대신 사 왔어요.

그래도 제가 정신병원에 갔을 때 아빠랑 오빠가 너무 친하게 잘 지낸 것 같았어요. 집에 와서 지켜보니까 진짜 그렇더라고요. 밥도 반찬도 아빠가 다 하고, 오빠는 공부만 하고. 그래서 집에 와서 아빠하고 오빠 사이를 보니까 참 좋았어요.

정신병원에 있는 CR* 아세요?

제가 정신병원에 입원했을 때 CR에 들어갔거든요. CR 아세요? CR은 한 병원에 네 개쯤 있어요. 독방 같은 곳인데 CR에는 침대 하나와 화장실 문도 없는 변기 하나, 창문에 창살이 다섯 개인가 여섯 개가 있었어요. 소리는 안 들리는데 저 밖에 있는 물건들이 귀신 들린 것처럼 막 움직여서 무서웠어요. 밥도 안 주고 불러도 아무도 안 오고, 주사도 안 줬어요. CR에는 2년 동안 있었어요. 들어간 건 기억나는데 거기에서 나올 때의 기억은 없어요.

중간에 병원을 한 번 옮겼는데 거기서 심하게 당하고, 또 다른 데서도 심하게 당해서 병원을 옮겨 다녔거든요. 또 퇴원해서 있다가 예전 병원으로 되돌아갔는데, 가면서 울었어요. 그 병원에 돌아가면 또 CR에 들어갈 텐데 어떻게 해야 할지 막막해서 울면서 들어갔죠. 두 보호사님이 저를 들어가지고 무섭게 하면서 그 깜깜한 독방에 처넣는데 겁이 났어요. 울어도 울었는지 안 울었는지 모르겠고, 이상한 현상을 보며 귀신 들고 그랬어요.

주위 사람 모두가 귀신으로 보여서 세수도 못 했어요. 혼자 있으면 무서운 게 호수 한가운데 돌다리를 저 혼자 하나하나 넘어

---

* Care Room의 약자, 정신병동에서 응급한 상태의 환자를 특별히 보호하기 위한 공간

서 가야 한다는 거예요. 죽을 뻔했죠. 다른 사람을 생각하면 그 사람들한테 귀신이 옮겨갈까 봐 아무도 생각 못 했어요. 울면서 하나님한테 도와달라고 기도했는데 안 도와줬어요.

이제는 완전히 일어난 사람이에요

정신병원에 있을 때 저를 도와줬던 보호사 아저씨가 자꾸 보고 싶어요. 그분이 저에게 아주 잘해줬어요. 어떻게 해줬는지는 기억이 잘 안 나요. 그 보호사님 덕분에 나중에는 CR에 안 들어가게 됐거든요. 그분이 다른 사람도 많이 구해줬어요.

정신병원 때문에 공부 하나 못 하고, 텔레비전도 못 보고, 교회도 못 가고, 저는 20년을 잃은 거예요. CR에서 나왔으니까 다시는 CR에 들어가지 말아야지 결심했어요. 그래서 이제 살 수 있는 거예요. 이제는 완전히 일어난 사람이에요.

어제 병원에 갔었어요. 약 타러 한 달에 한 번씩 가면 과장님이 한 달 동안 어땠냐고 묻고, 어려운 일 있으면 말하라고 해요. 이젠 힘든 얘기 없어요. 이젠 괜찮으니까. 약은 아침저녁으로 먹고, 비상약은 증상이 좀 나타날 것 같으면 먹어요. 오늘 좀 어려운 일 있으면 먹으라고 비상약 두 알을 오빠가 챙겨가라고 그러더라고요. 이제 비상약은 하나도 안 써요.

코로나19 때문에 집에만 있었죠

　마인드라디오 방송국은 참 황홀하고 좋아요. 여기에 오면 예쁜 것들이 주렁주렁 매달려 있고, 평소에는 한강을 볼 일이 없는데 오는 길에 전철이 한강을 지나가서 볼 수 있어요. 그전부터 마인드라디오 방송국에 꼭 오고 싶었는데 코로나19 때문에 오지 못했어요.

　마인드라디오 방송국에 못 나와서 너무 심심했고 뭔가 하고 싶고 그랬죠. 방송국에 와서 이야기하고, 뭔가에 대해서 느낀 점 쓰면 앞에 선생님이 잘했다고 칭찬해주시면 좋더라고요.

"오늘도 모두 반가워요. 근데, 제가 한 달에 한 번 '오늘은 서양이' 특집 방송을 맡았는데요! 별명을 바꿔서, 이제는 '오늘은 수월이'입니다. 사람의 마음을 읽을 수 있으면 좋겠어요. 사람의 마음을 읽으면 안 외로워요. 놀아주는 사람이 없어서 놀 때 외로워요. 옛날 딱히 좋은 친구가 있는 건 아니고, 국민학생 때 전교생이 다 나와서 체력장을 했거든요. 다 나와서 달리기를 해요. 친구 서넛 모여서 얘기하고, 성적표 얘기하고 모여 있다가 집에 가고 그랬어요. 지금은 국민학교 때보다 외로워서, 국민학생으로 돌아가고 싶어요.

외로움을 달래려면 사람입니다. 사람은 얼마나 행복하게 얼마나 기쁜 결말들을 맞이하고 있는가? 사람아 사람이란 글자야, 넌 어떻게 마음을 다스리고 있을래! 그리고 인간아, 넌 사람이란 글자도 아니고 사람도 아니고, 어떡할래!"

— 〈고민순삭〉 22화 '친구가 되고 싶다면, 주스를 사줘 봐요'
2020년 11월 27일 마인드라디오 방송

딱 사고 싶을 때 사는 게
그게 바로 내 것 같아요

아직 안 하고 있거나 꼭 하고 싶은 게 있거나 하면 다 핸드폰
에 써놓아요. 지금은 나에게 보내는 카톡에 적었어요. 운전면허
따서 오빠 차 사면 그 차 타고 오빠 데리고 갔다가 막 돌고 싶고
요. 조개 모양 거울도 갖고 싶어요. 오늘도 지하철 타고 오는데
제가 원하는 반지가 있었어요. 7천 원짜리라서 사려고 딱 봤더니
2천 원밖에 없었어요. 다음 주에 올 때 하루에 천 원씩 아껴갖고
오면 다섯 개가 5천 원이니까 7천 원 딱 되잖아요. 근데 누가 가
져갈까봐 걱정이에요. 딱 사고 싶을 때 사는 게 그게 바로 내 것
같아요. 그 반지를 봤을 때 저한테 "언니!" 그러는 것 같았어요.
그래서 너무 마음이 아팠어요.

교회에 헌금할 돈으로 매니큐어를 샀어요. 분홍색 매니큐어가
없어서 망설이다가 좀 예쁜 것 같아서 샀는데 피 색깔 같지 않아
요? 코로나 때문에 교회가 빨리 시작 안 해서 그냥 버스 타고 종
점 갔다가 오면 딱 시간이 되거든요. 그래서 거기 갔더니 화장품
가게가 있길래 들려서 좀 보다가 샀어요. 저는 진짜 헌금을 진심
으로 드리고 그랬는데 그걸로 매니큐어를 사서 마음이 아팠어
요. 하느님도 '네가 헌금을 아껴 나한테 줬으면 나는 좋은 일을

할 수 있었다' 그러시더라고요. 하느님께 기도할 때마다 자꾸 그게 생각났어요.

교회에 가면 마음이 편해요

제가 좋아하는 원피스가 있는데 교회에 갈 때마다 입고 가요. 주일이 빨리 왔으면 좋겠어요. 교회에 가면 마음이 편해요. 구역 조장 아저씨도 있고, 좋은 친구들이 많아서 같이 여행도 가고, 짜장면도 먹으러 갔거든요. 저희 반은 2년 전에 제주도에 여행 갔었어요. 제가 비행기 타고 싶다고 했더니 제주도에 간 거죠. 제가 일어나서 교회 갈 준비를 할 때는 예수님이 아무 말 안 했는데, 교회 갔다 와서 들으니까 교회에 가지 않으면 아빠가 잘해준다는 거예요. 그래서 좀 이따 보니까 아빠가 정말 잘해주는 거예요. 근데 오빠도 다니는 교회를 안 갈 수가 없어요. 왜냐하면 우리 식구 중에 엄마는 돌아가시고 오빠하고 저만 교회를 다니는데 제가 안 나가면 오빠 혼자잖아요. 아빠도 교회에 갔으면 좋겠어요. 교회에 가자는 걸 슬프게 생각하지 말고, 깨끗하고 좋은 마음을 가졌으면 좋겠어요.

제가 어려서부터 정의감이 강했거든요

저는 대학교 법학과에 가서 법을 공부하고 싶어요. 제가 어려서부터 정의감이 강했거든요. 누군가 억울한 일을 당하지 않도록 해줄 수 있는 길을 택하고 싶어요. 또 목사도 되고 싶어요. 설교 은사를 받았거든요. 근데 며칠 지나니까 잊어버렸어요. 하나님이 빨리 좋은 목소리와 행동을 주셔야 하는데... 선교하면서 다른 교회를 다 돌아보고 싶어요.

사랑스러운 엄마가 되고 싶어요

저는 마음씨가 되게 착한 사람이거든요. 그래서 남자를 괴롭히면서 사귀고 결혼하진 않을 거예요. 아직 아기는 안 낳았는데 월경이 멈춰서 아기를 못 낳으면 어떻게 하죠? 제가 언젠가 남편을 만나면 줄 선물을 만들고 있는 중이에요.

딸이 생기면 디스코 머리로 따주고 싶은데 배우질 못했어요. 아빠도 오빠도 머리가 짧아서 연습을 못해봤어요. 어렸을 때 엄마가 제 머리 많이 따줬거든요. 딸이 이가 흔들리면 집에서 빼주고 싶어서 치과에 가서 배우려고요. 저는 엄마가 이를 빼줬거든

150

요. 음식 이름을 적어둔 것도 결혼하면 남편도 생기고, 아기도 키
워야 하니까 배워둬야 해서 그랬어요. 우리 애들은 태어나면 다
착하고 예쁠 거예요. 저는 아이들이 행복을 느끼게 해주고 싶고,
사랑스러운 엄마가 되고 싶어요. 좋은 엄마, 예쁘고 착한 아기,
저도 남편도 그랬으면 좋겠어요.

아내는 남편을 위해 완두콩, 콩나물국. 부모님 좋은 거. 아이 데리고 치
과 가보기. 케이크는 케이크 집에서 애들과 또는 아빠가 사 오신다. 아이
와 엄마 쌍쌍 옷 베개 옷 아빠도 좀 있다 입고 나와서 케이크를 고르는
데 엄마는 아빠는 애기는 그렇게 예쁠 수 없다.

— 서양이의 스마트폰 기록 중에서

○ 기록자의 말 – 귀를 열고 마음으로 받아들이면

주로미·이명희

주로미의 말

언제부턴가 어떤 일이든 아등바등해봤자 결론은 비슷하다는 생각을 해왔다. 해결되지 않을 것 같은 일들이 시간이 지나면 어떻게든 정리되게 되어 있고, 좀 부족해도 견디지 못할 건 없었다. 부족하면 부족한 대로 할 수 있는 만큼 하면 되지 뭐! 사실 쿨한 척하지만 할 수 없는 것에 대해서는 안 하겠다는 소심함의 표현이기도 하다. 근데 서양이 씨와 만남은 소심한 나에게 초조함을 갖게 했다.

서양이 씨와의 인터뷰는 다섯 차례 진행되었는데 매번 아슬아슬했다. 장마가 오기 전 무더위가 기승을 부리던 6월 10일 서양이 씨를 처음 만났는데, 그 이후 만날 때마다 들었던 자문은

'마무리는 지을 수 있을까?'였다. 그러다 보니 회의 시간에 다른 팀들의 진행 상황을 들을 때는 조바심과 부러움이 뒤섞여 혼란스러웠다. 서양이 씨가 낯선 사람에 대한 경계와 불안을 우리에게도 고스란히 드러냈고, 그런 그의 모습은 자신감을 상실하게 만들었다. 그럼에도 놓지 못했던 건 그의 말 때문이었다. "저는 2020년 6월 3일 수요일 3시 52분에 사는 서양이입니다" 과거에 어떤 사람이 아니라 현재의 자신을 단순하게 설명하는, 그러나 누구도 쉽게 생각할 수 없는 표현이 참 좋았다. 서양이 씨는 참 많은 질문을 던지게 했다. 그에게가 아니라 나 자신에게 말이다. 먼저 밝혀두고 싶은 게 있는데, 이 인터뷰가 마무리될 수 있었던 건 서양이 씨의 매력과 함께 그와 오랜 시간 함께해 온 개구리 선생님과 달팽이 선생님의 도움이 있었기 때문이다. 이 전제로 이야기를 시작하겠다.

서양이 씨가 과거의 많은 일을 기억하지 못하는 것을 다행이라고 생각하게 되었다. 가장 아름다웠을 젊은 시절을 정신병원에서 보냈던 그 시간을 다 기억하지 않기를 바라게 되었고, 감당하기 어려웠던 어머니의 죽음에 대해서도 아버지가 크게 울었다는 말로 대신하는 것에 안도하였다. 그 당시 자신이 어떤 마음이었는지 기억이 안 난다는 말이 더 깊은 고통으로 다가왔다. 물론 기억을 할 수 없다는 건 구술 생애사 작업에서는 아주 큰 걸림돌이다. 그것 때문에 조바심을 냈는지 모른다.

준비해 간 질문들이 무용지물이 되고, 어디로 튕겨 나갈지 모르는 대화는 엉뚱하게도 단비처럼 즐거움을 주었다. 상황을 고려하지 않고 불쑥 노래를 듣겠다며 이어폰을 꽂거나, 수시로 차를 타오거나, 상대를 민망하게 하지만 기분 나쁘지 않은 솔직한 그의 말이 조금씩 매력적으로 들리기 시작했다. 그러면서 조바심도 조금씩 사라졌다. 자신이 살아온 이야기를 누군가에게 한다는 건 용기가 필요하다. 자신의 얘기를 털어놓을 만큼 신뢰할 만한 사람인지 판단할 시간이 필요했을 것이다. 툭툭 던져진 말, 그 행간의 공백을 알아차리는 건 듣는 사람의 몫이었다. 고백하자면 많은 것을 놓치고 알아차리지 못했다.

어느 날, 서양이 씨는 '비 오는 압구정'이라는 노래를 들으면서 소주 세 잔을 몰래 마셨다며 노래를 들려주었다. 그는 비가 내리는 영상을 보며 "사람 마음을 이렇게..."라며 말끝을 맺지 못하고 슬픔에 가득 찬 표정을 지었다. 무엇 때문인지 자신도 설명할 수 없는 슬픔을 느끼는 그를 보면서 먼 길을 돌아 우연히 같은 자리에 서 있는 기분이 들었다. 소설가 존 버거의 모습을 담은 다큐 영화 〈존 버거의 사계〉에 나온 '물리적인 시간에서 벗어나 같은 역에서 만난 사람들'처럼 말이다. 이후 비 오는 날이면 이 음악을 들으며 술 한잔 하는 버릇이 생겼다. 그렇게 우연은 인연이 되어갔다.

우리를 놀라게 한 건 그가 스마트폰에 기록한 단어와 알아차리기 어려운 문장이었다. 그만이 알 수 있는 단어의 나열, 해야할 것과 하고 싶은 것, 사고 싶은 것들이 빼곡하게 적혀 있는 비밀 노트였다. 잃어버린 20년을 스스로 보상해주듯, 지워진 20년의 기억을 현재와 미래의 이야기로 채워 나가는 것처럼 보였다. 정신병원에서 나와 가족과 지낸 지 5년이 된 그에겐 아직 배워야할 게 많았고, 하고 싶은 것도 많았으리라.

결혼해서 아이가 태어나면 사랑스러운 엄마, 남편에겐 못되게 굴지 않는 아내가 되고 싶어 하는 서양이 씨. 지워낸 기억의 자리에 단란하고 따뜻한 가족을 채워 넣는 그 날이 오길 바란다. 마지막 사진 촬영 중에 그의 손을 잡았더니 "아! 따뜻하다" 하며 우리의 얼굴을 바라본다. 우리도 서양이 씨를 만나 따뜻했다.

이명희의 말

인터뷰를 마치고 몇 달 후 우리는 마인드라디오 방송국에서 짜장면과 짬뽕을 먹기 위해 다시 만났다. 우리 쪽에서 계산하고 싶다고 했는데도, 서양이 씨와 그의 오빠는 굳이 비용을 내줬다.

우리는 맛있게 음식들을 나누어 먹었다. 인터뷰하는 내내 어떻게 하면 우리를 편하게 느끼고 이야기를 잘 풀어놓을 수 있을까 해서 그의 말 사이사이에 많은 말을 했다. 그러나 기록을 정리할 때는 가능하면 그의 목소리에 끼어들지 않으려고 애썼다. 서양이 씨의 말이 온전히 전달되어 보는 이가 온전히 받아들일 수 있기를 바라서였다.

서양이 씨의 말은 은유다. 그 은유를 얼마나 잘 이해하느냐는 중요하지 않다. 다만 우리가 서로의 말에 귀를 기울이고 현재를 함께 하고 있다는 것이 중요하다. 처음에는 숙제하는 마음으로 서양이 씨에게 다가섰다. 서양이 씨가 아닌 다른 분과 연결이 되었더라도 마찬가지였을 것이다. 그것은 정신장애인 당사자의 이야기를 들어줘야겠다는 전제하에 시작되었기 때문이다. 인터뷰 초반에는 그의 현재가 과거의 무엇으로부터 비롯되었는지 개인적인 관심과 호기심이 있었다는 것을 부정하지는 못하겠다. 그러나 차츰 타인에 대한 경계를 허물고 자신의 마음을 내비치는 모습에 인간애가 자리하기 시작했다.

자신의 말에 귀 기울이는 사람이 있다는 것을 인지해서인지 혹은 친구들과 만나서 수다를 떠는 일처럼 생각해서인지는 알 수는 없으나 나중에는 이 인터뷰를 즐기고 있다는 인상까지 받았다. 어쨌든 변화하는 모습이 좋아서 우리도 기분이 좋았고 인터뷰하는 내내 서양이 씨의 말을 놓치지 않으려고 귀를 쫑긋 세웠다. 그의 삶을 온전히 공감할 수는 없으나 이해하려 애썼다.

우리가 끝까지 그의 말에 귀를 기울일 수 있었던 것은 만남이 계속되면서 그가 우리를 마음으로 받아주었기 때문이었다. 기억하고 싶지 않은 일, 기억에서 애써 잊으려고 했던 일을 잘 알지도 못하는 사람이 어서 말해달라며 재촉하듯 눈 동그랗게 뜨고 쳐다보며 있는데 그게 어디 쉬웠을까. 그렇지만 그는 자신의 삶을 덤덤하게 우리에게 드러내 보였다. 마인드라디오와 서양이 씨를 통해서 경계 혹은 두려움의 대상으로만 여겨졌던 이들에 대한 시각의 전환점을 마련하는 계기가 되었다.

당근조림

소소하게 일상을 즐길 수 있는
사람이 되고 싶어요

예전에는 소소한 일상을 하찮게 여겼거든요. 그런데
아침에 제대로 일어나고 몸을 씻고 아침 점심 저녁 꼬
박꼬박 챙겨 먹고 집 치우고 이런 것들이 별거 아닌 일
이 아니었던 거죠. 이것을 제대로 할 수 있는 사람이 정
말 드물어요. 그런 점에서 결혼해서 아이를 낳고 살아
가는 사람들은 대부분 위대한 거죠.

당근조림은 1986년생 여성이다. 처음 마인드라디오 방송국에 와서 별칭을 생강조림이라고 지으려고 했는데, 주변에서 당근조림이 더 좋다고 해서 당근조림을 별칭으로 사용하고 있다. 21살 때 양극성 장애(조울증)가 발병했다. 초등학교 때부터 여름이 되면 기분이 지나치게 좋아지고, 겨울이 되면 고요해졌다. 스스로 이상하다고 생각했지만, 누구나 다 그런 줄 알아서 아무에게도 말하지 않았다.

외할머니에 대한 어린 시절의 즐거운 기억이 많고 아버지와의 관계는 좋지 않다. 어릴 때부터 책 읽고 만화 그리는 것을 좋아했고, 대학에서는 심리학을 전공했다. 대학교 1학년 때 사람들과의 관계가 힘들어지면서 밖으로 나가는 것이 어려워졌다. 어머니와 함께 신경정신과를 찾았고 증상이 있다는 것을 알게 되었다. 증상 때문에 20대 때 기억은 얽혀 있다. 2019년에 독립해 살면서 정신장애 당사자 활동에 관심을 갖고 참여하고 있다. 최근에는 운동과 유튜브 제작 등 다양한 활동을 시작했다. 웹소설 작가와 당사자 활동가로서의 정체성을 갖고 일상을 소소하게 살아가고 있다.

저는 당근조림입니다. 강서구에 혼자 살고 있어요. 사실 어렸을 때 기억이 그렇게 명확하게 나지는 않아요. 그냥 딱 떠오른 기억이 하나 있긴 한데 아마 초등학생 때였던 것 같아요. 상도동에 살았었는데, 장승배기 언덕에 있는 동작도서관에 어머니랑 많이 갔었어요. 동작도서관에 갈 때마다 시장 골목을 지나갔거든요. 거기에 개를 잡는 가게가 있었는데 개들은 철창에 갇혀있었고 그 옆엔 항상 돼지머리가 밖에 놓여 있었어요. 도서관에 가기 위해서는 그곳을 지나가야 했는데 무서워서 어머니 손을 붙잡고 갔던 기억이 나요. 어린 시절을 생각하면 책을 보고 있는 제가 떠올라요. 어느 정도냐면 친구들하고 놀지 않고 책만 봐서 부모님이 걱정하셨을 만큼 책을 좋아했어요.

그리고 외할머니가 떠올라요. 제가 어렸을 때 뜨거운 밥을 못 먹었거든요. 그런데 갓 지은 밥은 뜨겁잖아요. 두 살 많은 오빠는 잘 먹는데 저는 밥이 식어야만 먹을 수가 있었거든요. 외할머니는 좀 싫으셨겠죠. 제가 밥이 식을 때까지 기다려서 밥 먹는 시간이 길어지면 외할머니가 정리하고 설거지하는 시간이 늦어지니까요. 그래서 외할머니가 약간 얼굴을 찌푸리고 부엌에서 돌아서서 설거지를 했던 기억이 나요.

외할머니와 외할아버지 손에 자랐어요

어릴 적에 외할머니, 외할아버지랑 같이 살았어요. 원래 모두
다 같이 살다가 어머니와 아버지는 오빠가 초등학교 6학년 때 교
육 때문에 서초구 쪽에 따로 나가서 사셨어요. 저는 초등학교 4
학년 때부터 초등학교 5학년 때까지 외할머니, 외할아버지랑 같
이 살았어요. 언제부터 모두 함께 살았는지 잘 기억은 안 나는데,
제 기억 속엔 항상 제 방이 있었고, 집에 정원이 아주 작게 있었
어요. 대추나무랑 앵두나무가 있고, 외할머니께서 자갈로 길을
만드셨어요. 어렸을 땐 거기에서 강아지하고 같이 놀았던 기억
이 나요. 어린 마음에도 그 정원이 예쁘다고 생각했는데 지금 생
각해 보면 외할머니께서 항상 일찍 일어나셔서 정원에 물을 뿌
리시고 가꾸셔서 그런 것 같아요. 외할머니는 일과가 딱 정해져
있고 거기에 맞춰서 생활하셨어요. 아주 어렸을 때는 작은이모
랑 같이 살았던 기억도 나요. 집 2층으로 올라가는 계단이 있었
는데 거기에 지점토로 엄청 잘 만든 공예품이 있었어요. 액자로
만들어졌는데 그게 다 작은이모가 만들었다고 했던 기억이 나
요. 할머니가 옷을 만들어주셨던 기억도 있어요. 외할머니 작업
실이 아예 집 안에 있었거든요. 할머니가 재봉틀로 뭔가를 만드
는 걸 보면서 지냈어요. 브로치도 만들고 뜨개질 작업도 하셨어

요. 실 이런 것들이랑 일본에서 갖고 온 가위랑 핑킹가위, 단추 이런 것도 엄청 많았었어요.

할머니가 자주 "○서방(아버지)은 항상 밤 12시 넘어서 들어온 다. 내가 문에다 빗장 지르고 있는데 그거를 항상 열어야 해서 정말 짜증 난다"라고 하시면서 자주 화를 내셨어요. 할머니랑 아버지는 두 분 다 성격이 만만치 않아서 좀 사이가 안 좋으셨어요.

외할머니는 경기도 포천에서 만석꾼 집안이었고 부자였나 봐요. 그 당시에 딸을 서울로 유학 보내서 고등학교까지 마치게 했었대요. 원래 외할머니는 의사가 되려고 했었는데 시집을 가게 돼서 이루지 못했다고 하셨어요. 돌아가시기 전에는 치매 증상이 있었는데, 그때도 일본어로 주기율표 외우고 그러셨거든요. 엘리트 의식도 있으셨고 굉장히 활기찬 분이셨어요. 집안 행사에서도 혼자서 엄청 일하셨어요. 가끔 이상한 음식도 해주셨는데, 초등학교 때 육회 같은 것을 만들어주셨던 기억도 나요. 할머니는 정말 재밌는 분이었다는 생각이 들어요. 저한테 잘해 주셨어요. 엄청 예뻐하는 손녀였죠.

외할아버지는 초등학교 교장 선생님이셨고, 매일 만 보를 걸었던 분이셨어요. 그러기 쉽지 않잖아요. 아침에 일어나서 샤워하고 걷기 전에 샤워하고 만 보 걷고 샤워, 저녁에 샤워, 총 네 번을 하셨어요. 아침에 일어나 보면 항상 청소하시고 계셨어요. 제가 아무도 없을 때 집안에 뭔가를 살짝 건드렸었거든요. 근데 외할아버지께서 제가 건드린 것을 맞추시는 거예요. 그리고 또 기억이 나는 게, 좀 웃긴 기억인데, 예쁜 여자가 신문에 나오면 스크랩을 하셨어요. 그리고 매일 달력에다 일기 쓰시고, 오늘 어떤 일이 있었는가를 다 적어 놓으셨어요. 그게 외할아버지 취미구나 이렇게 생각을 했었죠. 언젠가는 집안에 분쟁이 있었는데 할아버지가 기록을 꼼꼼히 다 해놓으셔서 별문제 없이 해결된 적도 있었어요. 할아버지의 그런 모습을 저는 자연스럽게 받아들였던 것 같아요. 할머니와 할아버지는 사이가 좋으셨어요. 외할아버지 돌아가시고 난 다음에 친척들이 할아버지 자식들이 잘못했다고 외할머니께 뭐라고 하셨나 봐요. 그때 외할머니가 "자식이 그럴 수도 있지"라고 한소리 하셔서 사람들이 뒷말을 못 했던 기억이 나요. 저는 그런 것들이 재미있었어요. 외할머니와 외할아버지는 저에게 그런 분들이셨어요.

아버지와 좋았던 기억이 솔직히 없어요

아버지에 대해서는 감정이 안 좋다기보다는 약간 좀 신기하다고 해야 하나. 아버지가 좀 열등감과 편집증 같은 것도 있어요.

친척 어르신들이 어릴 적엔 아버지가 괜찮았었는데, 장티푸스를 앓은 뒤로 좀 이상해진 것 같다고 하는데 저는 진실을 모르죠. 아버지에 대해 표현하기가 어렵긴 한데 사람이 좀 사고가 꽉 막혔다고 해야 하나, 도가 좀 지나치다고 해야 하나... 예를 들어 오빠가 공부를 못하고 잘 안 했거든요. 그러면 아버지가 오빠에게 '종자가 나쁘다'라는 얘기를 몇 시간이고 하시는 거예요. 오빠가 아버지 친아들 맞아요. 그런데 그런 얘기를 몇 시간이고 반복해서 하시는 거예요. 누가 생각해도 비유가 이상하다는 걸 알 수 있잖아요. 어릴 때부터 정말 이상하다고 생각했던 기억이 나요.

또 제가 시험 기간에 시험공부하다 잘 준비를 하는데 아버지가 문밖에서 뭐라고 계속 말씀하세요. 레퍼토리도 항상 똑같았고, 그걸 반복해서 듣는 건 정말 지겹잖아요. 아버지는 본인이 이야기를 다 풀어내야 끝내요. 이해도 안 가고 납득하기 힘든 이야기들을 그냥 혼자 계속 말씀하시는 거예요. 그 이야기들을 들으면 참 모욕적이고 기분이 좋지 않죠. 그런데 아버지는 다른 사람에게 모욕을 준다거나 다른 사람이 기분 나빠한다는 것을 잘 모르시는 것 같아요.

아버지와 좋았던 기억이 솔직히 없어요. 아주 어렸을 때는 할아버지 할머니가 계시니까 아버지가 이상한 줄 몰랐어요. 좀 크면서 이상하다고 느낀 게, 아버지는 다른 사람의 시선을 전혀 신경을 안 쓰는 것 같았어요. 늘 자기만의 틀이 있어요. 세상을 바라보는 틀을 만들어 놓고, 자기는 피해자이고 사람들이 다 자기를 시기하고 안 좋게 생각한다고 생각하세요. 제가 보기엔 피해의식도 있으시고, 열등감도 조금 있으신 것 같아요. 외할머니가 우리를 잘못 키워서 아버지 말 안 듣는다고 화를 내세요. 사실 좀 이해가 안 되는 게 외할머니가 잘못 키워서가 아니라, 그동안 아버지가 했던 언행을 보면 누가 아버지에게 호감을 느끼겠어요. 어떤 자식이 '너는 종자가 나쁘다'라는 이야기를 몇 시간을 듣는데, 무슨 호감을 느껴요. 못 느끼죠.

어머니가 의지가 되는 것도 맞지만, 어떻게 보면 저를 속박한 거죠

어머니는 학교 선생님이라서 종일 일하시고 저녁에 퇴근하셨어요. 어머니가 교사로 있는 중학교에 제가 입학을 했어요. 그래서 공부는 잘 안 했지만 나름 모범생으로 살았어요. 수업에 들어오는 선생님들이 모두 엄마 친구였어요. 어머니가 친화력이 좋았거든요. 모든 선생님이 어머니 친구예요. 심지어 양호 선생님까지도 모두 어머니와 저를 알고 오빠를 알았어요. 담임 선생님도 당연히 어머니 친구였고 다 같이 중국으로 여행도 갔다 왔어요. 다행히 친구들은 몰랐거나 아는 친구들도 그렇게 따돌리진 않았어요. 저는 어머니 친구들이 가득한 중학교 생활만 참아내고, 고등학교에 들어가면 지금 문제들이 다 해결될 거라 생각했거든요. 그런데 고등학교에 갔는데 그곳의 선생님들도 엄마랑 다 아는 사이인 거예요. "네가 ○○ 선생님 딸이라며?" 이러는데 "아, 젠장" 이랬어요.

물론 어머니와 좋았던 기억은 많죠. 아버지에 비해서는 어머니는 상식적이에요. 어머니랑 같이 종로 거리를 걸으며 매캐한 최루탄 냄새에 눈물을 흘리기도 하고 어머니가 청각장애인분들이 파는 호떡을 항상 사주셨던 기억이 나요. 그리고 종로에서 어떤 할아버지께서 먹을 가지고 그림을 그리는데 엄청 잘 그리셨어요. 글씨를 쓰는데 그림처럼 써요. 그걸 뭐라고 하는지 모르겠는데, 그 할아버지가 먹을 조금 움직이니까 용머리 같은 것들이 딱 이렇게 새겨지는 거예요. 그래서 예쁘다고 생각하면서 봤던 기억이 나요. 무엇보다 함께 도서관에 갔던 기억이 제일 많이 남아요. 엄마 제자가 도서관 직원으로 계셨거든요. 그래서 저희가 가면 책을 더 빌려주셨어요. 그래서 항상 이렇게 책을 잔뜩 가지고 행복해했던 기억이 나요.

어머니가 의지가 되는 것도 맞지만, 어떻게 보면 저를 속박한 거죠. 오빠가 참 부러웠던 게, 고등학교 때도 제멋대로 살았고 성인이 되면서는 집에서 바로 탈출했거든요. 대학교 때 유학 갔으니까 자유롭게 살아갈 시간이 있었잖아요. 그런데 저는 어머니랑 같은 중학교에 다니고, 고등학교 때도 어머니의 지인들과 함께한 상황이었죠. 그리고 제가 논술 과외를 받은 적이 있는데 어머니가 울면서 선생님께 과외비 드리는 모습을 본 거예요. 알고 보니까 그 돈은 어머니 수술 비용이었던 거예요. 어머니는 자궁근종 수술을 하고 아프셨거든요. 저는 그런 모습을 다 봤으니, 어머니에 대한 제 심정이 어떻겠어요.

나중에 학교 동창을 만났었는데, 그 친구가 제가 유명했었다고 그러더라고요. 책을 보거나 그림을 그리거나, 공부만 했던 아이로 기억을 하는 것 같았어요. 사실 저는 서울대에 가고 싶지도 않았어요. 애니메이션이나 만화, 이런 쪽을 좋아해서 애니 고등학교 같은 데를 가고 싶었어요. 그런데 어머니가 "우리 집에 돈이 없어서 안 된다"라고 단칼에 자르시더라고요. 그래서 '대충 아무 데나 가면 되겠지'라는 생각을 했어요.

망가진 사람이 오빠라고 생각했는데
사실은 제가 망가졌던 거죠

어렸을 때 오빠하고 저는 그냥 흔한 남매였어요. 오빠는 밖에서 노는 걸 좋아해서 저랑은 성격이 안 맞았어요. 저는 책 읽는 걸 좋아하고 조용했거든요. 오빠는 저를 별로 안 좋아할 거예요. 사춘기 때 성적 가지고 저랑 엄청 비교 당했어요. 오빠가 공부를 못 하기도 했지만 오빠가 공부를 못하는 이유는 솔직히 부모님 탓이라고 생각해요. 흥미를 가지고 공부를 해도 사실 잘하기가 쉽지 않잖아요. 근데 '종자가 나쁘다' 이런 얘기나 듣고 있는데 누가 잘할 수 있겠어요. 당시에 전체적으로 집안 분위기가 엄청 이상했어요. 엄마도 약간 이상해져서 좀 안달을 한다고 해야 하나, 제가 보기엔 엄마가 조급해했어요. 오빠가 대학에 못 갈까 봐 그랬던 것 같기도 해요. 그런 집안 분위기에서 저는 오빠처럼 되고 싶지 않다고 생각했어요. 그리고 한편으로는 죄책감이 있었죠. '오빠처럼 되기 싫다'라고 생각하는 것 자체가 보통 일반적인 가정에서 일어나지 않는 일이잖아요.

오빠에게 큰 문제가 있진 않았어요. 학교에선 은근하게 따돌림을 당하고 집에서는 아버지에게 종자가 나쁘다는 이야기를 듣고, 어머니는 안달하지, 또 동생은 공부를 잘하지... 아마 오빠가 스트레스 때문에 좀 비뚤어졌을 듯해요.

오빠처럼 되고 싶지 않다고 생각했던 이유는 부모님이 저한테 잘해 주는 이유가 제가 공부를 잘해서라는 걸 그때쯤 확실하게 알았기 때문이었어요. 저는 중학교 때까지 보통 성적이었는데, 가만히 보니까 오빠가 성적이 오르면 뭔가를 사주고, 저는 보통 성적이니까 안 사주고 그러는 거예요. 그래서 제가 뾰로통했던 적이 많았죠. 그 이후에는 공부를 잘해서 오빠처럼 되고 싶지 않았던 것 같아요.

제가 고등학생쯤 되니까, 어머니가 저한테 속마음을 털어놓기 시작하는 거예요. 이게 저한테 참 안 좋았죠. 어머니가 우리 집에 빚이 있다는 이야기들을 세뇌하듯이 저한테 많이 하셨어요. 오빠가 등록금이 비싼 대학에 가면 등록금을 댈 수가 없다는 얘기를 계속하셨거든요. 그래서 순진한 마음에 제가 서울대에 간다고 했었죠. 나중에 알고 보니 아버지 회사에서 등록금 지원이 있었는데, 전 몰랐어요. 그때 알았으면 원하는 학과가 있는 사립대에 갔을 수도 있었을 텐데 말이죠.

오빠는 지방대 졸업하고 중국 유학을 다녀왔어요. 지금은 회사원으로 지내고 있는데 잘살고 있는 거잖아요. 그걸 보면서 제가 항상 생각을 하죠. 청소년 때 우리 집안 분위기에서 망가진 사람이 오빠라고 생각했는데 사실은 제가 망가졌던 거죠.

저는 자기만의 세계가 너무 확고한 애였던 거죠

초등학교 3학년 때부터 스스로 뭔가 이상하다는 생각을 했어요. 왜냐하면 여름에는 엄청 기분이 좋아지고 활발해지고 제가 평소 생각지도 못했던 행동을 하는데, 겨울이 되면 이상하게 너무 고요한 거예요. 그때는 다른 사람의 기분을 제가 알 수 있는 나이가 아니잖아요. 그러니까 그냥 다른 사람들도 다 이러는 줄 알았거든요.

할머니는 제 상태를 눈치채셨을까 싶은데 이제 돌아가셔서 여쭤볼 수는 없네요. 아버지는 확실하게 몰랐을 거 같아요. 아버지는 심지어 제가 전교 일등하고 있는 것도 몰랐거든요. 관심이 없었어요. 어머니도 모르셨던 것 같아요.

최근에 친한 언니가 저에게 "너는 의도가 선한데, 성격은 이상하잖아"라는 말을 했는데 엄청 웃었어요. 왜냐면 저한테 딱 맞는 말이거든요. 착하긴 한데 사회성이 좋진 않으니까요. 누군가가 저에게 선물을 주면, 주는 사람 입장에서는 '기브 앤 테이크'를 기대하겠죠. 그런데 저는 고맙다고 말하고 다시 무언가를 해주거나 그런 것은 없었어요. 지금은 사회성이 진짜 많이 좋아진 거예요. 진짜 어렸을 때는 그런 게 없었어요. 큰이모 딸, 그러니까 사촌 언니가 희귀암에 걸렸었어요. 경제적으로 어려운 상황에서 큰이모가 용돈을 주셨는데, 오빠는 다시 돌려드렸어요. 우리 둘 다 대학생이었는데 저는 그냥 받아서 "고맙습니다"라고 말했어요. 그러니까 저는 그런 쪽에서 둔감한 아이였던 거예요. 사람들과 관계를 맺을 때, 오랜 시간 지내면 제가 나쁜 뜻으로 이러는 게 아니라는 걸 이해하게 되지만, 사실 그전까지는 '왜 저럴까'라고 생각할 수 있는 그런 사람이었던 거죠.

저는 친구가 그리 많지는 않았던 걸로 기억해요. 친구들하고 이야기하고 노는 것보다는 책 보는 걸 더 좋아했어요. 그래서 미친듯이 책을 봤거든요. 그랬더니 주변 친구들이 "다른 애들이 너를 별로 안 좋아한다. 책 보지 말고 우리랑 같이 놀자" 이렇게 말한 적도 있었어요.

밖에 나가는 게 너무 힘들었어요

정확하게 스무 살 때 발병했던 거 같아요. 그해 여름부터 엄청 우울했었어요. 그러니까 말로는 설명하기 어려운데, 원래라면 여름이 되면 기분이 되게 들떠야 하는데, 이상하게 엄청나게 우울했었고 그 우울감이 계속 이어졌어요. 그래도 일상생활에는 지장이 가진 않아서 그냥 내버려 뒀는데 계속 뭘 해도 엄청 기분이 가라앉는 거예요. 그게 밖으로 보일 정도는 아니었고, 저 스스로 '어 이상하다' 하고 생각하면서 약간 당황은 했었죠. '왜 여름인데 기분이 좋지 않지?' 정도로만 생각했었는데 어느 날 사건이 터졌어요. 사실 그때 상황을 길게 말하고 싶진 않아요. 트라우마라서 그런 건 아니고 지금 생각하면 제가 이 사건으로 오랜 세월 동안 구애받고 있었던 게 웃겨가지고요.

무슨 일이 있었냐면, 스무 살에 대학에 갔잖아요. 학교 애들하고 친해지고 싶었어요. 대학에 가면 인간관계가 달라지잖아요. 그래서 같이 맛있는 식당을 찾아다니는 모임을 만들었어요. 여러 친구들이 함께 했는데, 어느 날 여자들은 다 빠지고 저 혼자만 남은 거예요. '어 왜 이렇게 됐지'라고 의문을 품으면서 모임에 있던 남자들에게 툭 말했어요. "남자들은 좋겠다. 너희들은 다 친하잖아. 여자애들은 좀 무리지어서 몰려다니는 게 있는 것 같아"라고요. 사실 그렇잖아요. 그냥 별 생각 없이 얘기했는데, 그 다음날 학교에 가니 분위기가 이상해졌어요. 제가 했던 말이 그 당시 과대표를 향한 공격이 된 거예요. 저는 눈치가 없어서 그동안 몰랐었는데, 운동권인 여자애들하고 비운동권인 남자애들하고 사이가 안 좋아서 서로 공격할 빌미가 필요했는데, 제가 한 말이 들어간 공격문이 확대가 돼서 문제가 커진 거죠. 글을 쓴 사람이 저에게 얘기를 들어놓고는 자신의 의견인 것처럼 썼더라고요. 학교에 파란이 일어난 거예요. 선배들도 비운동권, 운동권으로 나뉘어서 모두가 서로 대판 싸우는 거예요. 지금 생각해 보니 제가 대범했다면 삼자대면을 해서 명확하게 할 수 있었을 텐데 그땐 무서워서 말도 못 했어요. 제가 한 말도 있으니 책임져야겠다는 생각도 했었는데, 서로 너무 싸우고 있어서 어떻게 해야 할지 몰랐어요. 대놓고 나쁜 의도로 한 말도 아닌데, 어설프게 끼어서 너무 애매했어요. 그렇게 지내다 보니까 그 사건에 제가 중립처럼 보인 거예요. 그래서 양쪽에서 제가 이상한 사람이 되었어요. 그 무렵부터 저는 학교 수업을 안 나가기 시작하고, 점점 식욕도 없어지는 거예요. 매일 밤 울면서 '어, 나 왜 이렇게 슬프지'라고 생각하면서 지냈어요. 그전부터 조울증은 있었던 것 같은데 그 일이 계기가 돼서 더 심해진 것 같아요.

발병 후에 학교생활을 전혀 못 했던 건 아니에요. 사건이 일어나기 전 여름까진 좋았어요. 학회도 잘 나가고 재미있었어요. 점점 망가지고 있다고 생각을 했던 게 여름쯤인가, 술을 많이 마시기 시작하고 점점 아침 수업에는 안 가기 시작했어요. 아침에 일어나서 미국 드라마 〈하우스〉를 봐요. 그리고 준비하고 학교에 가야 하는데 못 나가겠는 거예요. 밖에 나가는 게 너무 힘들었어요. 왜 그러는지 몰랐죠. 어느 날부터 다들 저를 걱정하는 거예요. 제가 말이 엄청 많아지고 굉장히 빨라지고 그랬었나 봐요. 엄청 빠르게 생각이 번뜩번뜩 튀어나왔는지 모르겠어요. 여름 때마다 있었던 일인데 갑자기 강하게 나타났던 거죠. 그런데 기본적인 제 성격이 어디 가는 건 아니잖아요. 뭐, 밖에 나간다고 해봤자 서점 가서 책만 샀어요.

이야기를 나눌 사람이 있었으면
달라졌을 수도 있다고 생각해요

직접 문제를 해결하지 못했던 건 아마 성격적인 부분도 있었을 텐데, 그냥 무서웠던 것 같아요. 어떻게 해야 할지도 몰랐고요. 이런 문제를 터놓을 수 없는 상황이기도 했어요. 애들은 다 싸우고 있지, 선배들도 싸우고 있지, 그나마 친한 선배 언니한테 말하려고 했는데, 당시 그 언니는 왕따를 당하고 있어서 제가 힘들다고, 슬프다고 미주알고주알 얘기하기가 어려웠어요.

어머니께 다 털어놓을까 생각했는데, 어머니를 만나면 제가 서울대 갔다고 너무 행복해하면서 "○○선생님도 너 부럽다고 하더라"라는 이야기만 매일 해요. 그러니 얘기할 수가 없었죠. 그렇다고 중, 고등학교 친구들에게 얘기하기엔 제가 너무 좋은 대학에 간 거죠. 친구들은 지방대에 가거나 재수하고 있는데, 제가 "서울대에서 힘들어"라고 얘기하기엔 너무 미안했었어요. 스스로 고립되었다고 생각이 들었어요. 이야기를 나눌 사람이 있었으면 달라졌을 수도 있다고 생각해요. 지금까지 제가 살아온 삶의 패턴을 살펴보면 어떠한 타격을 받으면 오래가는 것 같아요. 저도 아버지 닮아서 그런 건지 무언가에 집착한다 싶을 정도로 끈질기게 파고들죠. 그래서 1년 정도는 타격이 가는 거 같아요.

저는 집에서 분란이 일어나면 주로 참아왔어요. 특히 사춘기 때는 무조건 참았어요. 왜냐하면 아버지를 막을 사람은 없었거든요. 아버지가 두렵다기보다는 '저 사람은 왜 살지, 돈만 벌어오고 안 보이면 좋겠다'라고 생각했어요. 어머니는 아버지를 전혀 막아주지 않았어요. 아버지가 혼자서 뭐라고 할 때 어머니는 늘 TV를 보고 계셨어요. 어머니가 그런 상황에서 늘 이렇게 말씀하셨어요 "아버지가 그러실 땐, 그냥 가만히 네네네 이러고 있어라"라고요. 그렇게 하지 않으면 아버지가 그러는 시간이 더 늘어난다고 했어요. 실제로 그러긴 했어요. 어머니도 아버지를 막아줄 수 있는 상황은 아니었을 거예요. 아마 어머니도 지금 엄청 고립감을 느끼고 계실 거고요.

어머니와 함께 처음 병원에 갔을 때 어머니가 굉장히 기분 나빠 하셨던 기억이 나요. 병원에서 가족력을 물어보니까 어머니는 매우 불쾌해하면서 다른 가족까지 다 이상하다고 몰린다고 사전 질문지를 잘 쓰라고 하셨어요.

부모님이 "네 잘못이 아니야"라고
조금은 말해주지 않을까 생각했어요

제가 발병했을 때 부모님이 "네 잘못이 아니야"라고 조금은 말해주지 않을까 생각했어요. 그 당시 누구보다도 제가 굉장히 혼란스러웠어요. 발병했다는 사실을 받아들이기도 힘들었고, 무엇보다 사람들의 시선이 바뀌는 것을 느끼는 것이 힘들었어요. 그런데 어머니마저 저에게 그렇게 말씀을 하시니까, 살 가치가 있는지 고민했던 것 같아요. 그런데 솔직히 말하면 그때의 기억들은 저도 희미해서, 자세하게 설명하기 어려워요. 굉장히 화가 나기도 했고 엄청 복잡한 심정이었어요. 뭔가 복수하고 싶은 그런 감정도 있었고, 그냥 내 존재 가치 효용이 없어졌다는 생각도 들었죠. 스무 살까지 살아오면서 하나만 보고 달려왔는데, 그 목표가 순식간에 사라진 거죠. 어리석게도 부모님께 칭찬 받는 게 목표였어요.

부모님께 원망스러운 마음이 들었어요. 이런 마음을 딱히 말할 사람이 없으니까 인터넷을 통해 말하기 시작했어요. 그런데 그런 말들이 다시 저에게 화살이 되어 돌아왔고, 또 한동안 괴로 웠어요.

당시에 외할머니, 외할아버지 집에 매일 놀러 가서 다행이었던 것 같아요. 두 분과는 좋은 기억이 많았어요. 당시 발병하고 제가 아플 때였는데, 두 분은 그 사실을 모르셨던 것 같아요. 그래서인지 두 분은 저를 평소처럼 대해주셨어요. 그냥 평소처럼요. 좀 눈물이 나네요.

특별한 것은 없었어요. 할아버지가 고혈압이 있으셔서 양파를 드셔야 하는데 할머니가 투덜거리시면서 양파를 썰었던 것이 기억이 나요. 다 같이 점심을 먹고 저는 투니버스 채널에서 〈쾌걸 조로리〉라는 애니메이션을 봤어요. 할아버지가 운동을 다녀오시면 또 다 같이 저녁 먹으면서 드라마를 봤어요. 드라마를 볼 때 할아버지가 항상 투덜대셨거든요. 드라마 감독이 생각을 고쳐야 한다면서요. 저는 너무 재미있어서 옆에서 크게 웃었어요.

그 시간이 계속 이어질 줄 알았어요. 그런데 어느 날 할아버지가 건강검진을 하고 오셨어요. 그런데 대장내시경은 추가로 돈을 내야 하는데 할아버지 할머니가 돈을 엄청 아끼셨거든요. 그래서 그 검사를 안 받으신 거예요. 그래서 조기에 발견을 못 하고 할아버지가 말기 대장암 판정을 받으셨어요. 진단을 받고 난 다음에 한 일주일 정도 지나서 의식을 잃으셨어요. 당시에 이모들하고 같이 간병했었어요.

나중엔 외할머니가 치매가 왔을 때도 제가 간병까지 했어요. 외할아버지, 외할머니를 향한 사랑이었던 것 같아요. 어머니 아버지였다면 불가능했을 거라고 생각해요. 외할아버지는 돌아가시고, 우리 가족이 외할머니와 같이 지내게 됐어요. 그때까지만해도 치매가 심한 것은 아니어서, 거동은 하실 수 있었어요. 외할머니께서 점점 막 짜증을 내시긴 했죠. 같이 살다 보니 사위는 꼴보기 싫으니까.

그런데 할머니가 편찮으시니까 아버지도 할머니께 잘할 때도 됐는데 그러지 않더라고요. 굳이 할머니 계신 방에 가서 할머니가 애들 잘못 키워서 애들이 저렇게 됐다고 하더라고요. 그때 참창피했던 기억도 나요. 참 아버지에 대한 기억은 좋은 것이 없어요. 요즘은 아버지가 많이 늙으셨는지 저보고 자꾸 집에 오라고, 얼굴 보자고 그러시는데 좀 힘들 것 같아요.

인간관계가 안 좋았기 때문에
더 사람들에게 휘둘린 것 같아요

서른 중반에 두 번째 직장인 출판사에서 책을 만들었어요. 사장님이 제가 기대만큼 일을 못하니까 저를 싫어하셨어요. 당시 제가 SNS를 했었는데, 뭔가 오해가 생겨서 사장님과 문제가 있기도 했고요. 저도 좀 아쉬운 게 일을 잘 못하면 알려주시면 좋았을 텐데, 그러지도 않았어요. 그리고 결정적으로는 제가 잘못한 부분이 있었죠. 어느 날 아버지가 출판사 사장님이 어느 동네 사냐고 물어봐서 회사 근처에 사는 것 같다고 답했거든요. 그랬더니 아버지가 "그 동네가 가난하고 집값이 싸다. 그런데 슬퍼하지 마라. 너 같은 직업을 가진 사람은 어쩔 수 없다" 이런 식으로 말씀하시는 거예요. 저는 그 얘기를 듣고서 너무 충격을 받아서 SNS에 내용을 올렸어요. '아버지란 사람이 어떻게 저런 말을 하지'라는 의미로요. 그런데 사장님이 제 글을 본 거예요. 오해를 풀려고 해도 사장님은 듣기 싫다고 하면서 사이가 틀어졌어요. '저는 아버지와 같은 생각을 하지 않는데 아버지가 너무 답답하다'라는 의미였는데, 집안 상황을 모르는 사장님은 이해를 못 하죠. 그 일이 있고 나서 오랜 시간 동안 사장님에게 욕설도 듣고, 그동안의 업무 태도도 지적받았어요. 그렇게 한참 이야기를 듣다 보니 갑자기 이런 생각이 들었어요. '사장님은 나를 고쳐 쓸 마음이 없구나' 그래서 퇴사했어요. 퇴사를 하고 나니 인생이 너무 험한 거예요. 그런데 누구를 원망할 수가 없는 거죠. 왜냐하면 SNS에 경솔하게 올린 내 잘못이니까. 그런데 일이 너무 크게 벌어지니까 억울했어요. 되돌아보면 그곳에 취직하려고 어려운 일들을 다 이겨냈고, 일하면서 되게 열심히 노력했었어요. 제가 아주 쓸모없는 건 아니라는 생각을 갖게 해준 직장에서 이런 일이 생기니까 '나는 진짜 대인 관계에 있어서 형편없는 사람인가'라는 생각이 드는 거예요.

그때 저를 오랫동안 봐주신 교수님이 해외로 가시면서 입원은 하지 말아 달라고 하셨어요. 그런데 자살 시도를 하게 되면서 입원을 했어요. 지금까지 세 번 정도 시도한 것 같아요. 할 때마다 '아, 어떡하지. 안 좋을 텐데...' 라는 생각을 하긴 했어요. 하지만 어떻게 멈출 수가 없었고, 2018년 겨울에 입원해서 2019년 초에 퇴원했어요.

퇴원을 하고 가출해서 6개월 정도 지인의 집에서 지냈었는데 어머니가 독립하라고 하더라고요. 그래서 독립해서 혼자서 지냈는데, 어느 날 아는 언니가 살 곳이 필요하다고 해서 같이 살게 되었어요. 언니가 지금 상황이 힘드니까 혼자만의 시간을 보내라고 큰 방을 내줬어요. 그리고 한 달에 20만 원 정도 생활비를 받았어요. 저는 호의와 배려를 베풀었는데, 그 언니가 너무 막대하는 거예요. 제가 사회 경험이 별로 없다는 걸 알아서 그런지, 어느 날 그 언니가 자기는 임대차보호법에 보호를 받는다고 하는 거예요. 법적 계약을 하지도 않았는데 말이 안 되는 소리였죠.

그리고 저에게 고기능 자폐 아니냐고 말을 한 적이 있었거든요. 자폐 정도가 약하고 머리는 좋으니까 그런 거 아니냐고 하는 거예요. 저는 그 이야기를 듣는 게 너무 괴로웠어요. 그 말에 휘둘려서 정신과 의사 선생님에게 진지하게 물어보니 누가 그런 얘기를 하냐고 화내시더라고요. 그동안 제가 인간관계가 안 좋았기 때문에 더 사람들에게 휘둘린 것 같아요. 지금은 그 언니랑 연락 안 하고 따로 살아요. 혼자 사니까 사실 좀 더 부지런해졌어요.

어느 순간부터 생각을 바꿔야겠다고 마음을 먹었어요

요즘 들어 가끔 생각해 보면 인간관계에서 상대방이 잘못한 부분도 있겠지만, 제가 잘못한 부분도 있을 것 같아요. 뭐라고 표현해야 할지 잘 모르겠는데요. 저는 상대방이 툭 하고 치면 내버려 두는 성격이거든요. 그러면 어떤 사람들은 툭 치고 "미안해"라고 하는 사람들이 있는 반면, 어떤 사람은 툭 치고 '아, 얘는 가만히 있네'라는 생각이 들면 더 심하게 치면서 "재밌지?" 이러는 사람도 있는 거죠. 그러면 저도 참을 만큼 참았다가 화를 내게 돼요. 그러다 보니 저로 인해 안 좋았던 사람들도 많지 않을까 그런 생각을 했어요.

제가 힘들었을 때는 같이 일하는 지인에게 계속 말을 건 적이 있어요. 그분은 종일 제 이야기를 들어야 했었죠. 그때 제가 확실히 기분이 들떠 있었어요. 그럴 때는 상대를 배려하는 것 자체가 안 되거든요. 그 지인은 괜찮다고 했지만, 제가 알아서 어느 정도 자제를 했어야 하는데, 저는 그것도 생각을 못 했었던 거예요.

병 때문이라고 말하고 싶지만, 시간이 지나면서 생각해 보니까 그렇게 말하면 안 되겠더라고요. 그건 너무 쉬운 해답인 것 같아요. 예를 들어 누군가에게 내가 나쁜 짓을 해놓고 "내가 미안해. 병 때문에 제정신이 아니었어"라고 말하는 건 좀 아니잖아요. 정말 제가 제정신이 아닌 부분도 있겠지만 '정말 방법이 없었나?' 이런 생각이 들어요.

최근부터 이런 생각이 들기 시작했어요. 전에는 증상 때문이라고 넘기고 그렇게 살았는데 생각해 보니까 그게 아닐 수도 있겠더라고요. 어느 순간부터 생각을 바꿔야겠다고 마음을 먹었어요. 저는 심신미약이 될 정도의 상태에 한 번도 안 가봤어요. 다른 사람들한테 큰 피해는 아니지만, 되게 불쾌한 사람이었던 거죠. 이상하게 우울할 때가 오히려 더 나은 사람인 것 같고 기분이 들뜨면 이상한 사람이 돼요. 다른 사람 생각 안 하고 배려 안 하는 그런 사람이요.

그래서 멀어진 사람도 엄청 많죠. 내가 잘못을 해서 컵을 떨어뜨렸는데 "내 손이 잘못했어"라고 장난으로 말할 수는 있어요. 근데 진심으로 내 손이 잘못했고 나는 잘못이 없다고 생각하면, 그건 또 안 되는 거더라고요.

만약 예전의 저를 만나야 한다면 피했을 거예요.《정신병동에도 아침이 와요》라는 만화책에서 '병희'라는 캐릭터가 그러더라고요. "진정한 내 친구라면 내가 어떤 짓을 해도 내 옆에 있어야 해"라고 얘기해요. 저도 그렇게 생각을 했던 적이 있었거든요. 어려서 그랬던 걸 수도 있는데 지금은 그런 것들이 미안한 거죠. 제가 사회생활을 빨리하고 그랬으면 뭔가 생각을 했을 텐데, 서른이 넘어서도 정신을 못 차리고 있었어요.

요즘은 친한 언니랑 상부상조하고 있어요. 매일 산책하는 것을 인증하고 일주일에 한 번씩은 산책을 해요. 최근에 시작했는데요. 그 친한 언니가 얼마 전부터 신체 리듬이 망가지는 것이 느껴지고 해야 할 일을 자꾸 미루기 시작하고 그러더라고요. 이야기를 들어보니까 언니가 우울한 것 같더라고요. 그래서 언니랑 서로 도와야겠다고 생각했어요.

21살 때부터 알던 언니인데 제가 증상으로 아파서 고마운 감정조차 느낄 수 없을 만큼 힘들었던 시절에 도움을 줬던 언니예요. 제가 두 번째로 입원했다가 퇴원했을 즈음에 증상이 심각해져서 행동이 상당히 느렸고 문장이 잘 안 떠올랐어요. 그런데 그런 저에게 언니가 일을 시킨 거예요. 언니 입장에서는 저를 재활해 보자는 생각이었나 봐요. 일을 받고는 기억이 나는 게 제가 못 일어나고 계속 잠든 상태였는데 언니가 전화해서 저를 다독였었어요. 지금 생각하면 좀 열심히 할 걸 그랬는데 그때는 열심히 할 수 없는 상태였어요. 당시에 언니가 "오른쪽으로 가봐, 왼쪽으로 가 봐" 이렇게 말하는 것을 이해하는 것만 해도 벅찼으니까요.

그러다가 정신장애 당사자 지역 모임 카카오 단톡방에 있었는데, 어느 날 바람 님이 만나자고 하시는 거예요. 그래서 만났는데 제 이야기를 많이 들어 주시더라고요. 그러면서 마인드라디오에 한번 같이 가보자고 하셨어요. 저는 대본만 쓰는 줄 알았는데 어쩌다 보니까 방송을 함께하고 있더라고요. 그런데 막상 해보니까 생각보다 제가 잘하더라고요.

"지난번에 첫 방송을 함께했는데요. 저는 들으면서 여전히 (제 목소리가) 낯설기도 하고 창피하기도 하고 그렇더라고요. 실수를 하기도 했고, 혼자서 텐션이 너무 높았어요. 좀 부끄러울 정도로... 하지만 그래도 당사자로서 이야기할 수 있어 좋더라고요. (정신과) 약만이 아니라 사람들의 지지와 경제적 자립이 필요하다는 말을 할 수 있는 자리가 생겨 기뻤어요."

— 〈우리여기있소〉 2화 '봉천동 담벼락 1부 우리가 원하는 교육'

2021년 3월 19일 마인드라디오 방송

제가 재미있어하는 것을 다른 사람도 재미있어하면
참 좋은 것 같아요

사실 초등학교 때까지만 해도 꿈이 없었고요. 중학교 때 굉장히 강렬하게 만화가가 되고 싶다고 생각했었어요. 근데 갈수록 포기하게 됐죠. 29살 정도 됐을 때 알았어야 했는데, 그러지 못하고 서른을 넘겨서 깨달았죠. 그림이 잘 그려질 때와 안 그려질 때가 너무 차이가 나서 지속할 수가 없는 거예요. 상업적으로 일을 하려면 일정한 퀄리티로 뽑아낼 수 있어야 하잖아요. 그런데 그게 전혀 안 되는 거예요. 그래서 이룰 수 없는 꿈이라고 생각하고 지금은 포기했어요. 지금은 그냥 평범하게 직장인이 되고 싶은데 '평범한 직장인'이 되기엔 너무 늦어 버렸네요.

지금의 꿈은 작가 생활을 계속하는 거예요. 친한 언니가 "네가 갖고 있는 고유의 색을 유지하면서 계속 쓰는 게 나은 것 같아. 그러다 보면 너의 다른 작품도 재조명될 수도 있는 거고 네가 꾸준히 글을 쓰는 게 더 좋아. 응원한다"라고 하더라고요. 그 말이 참 좋았어요. 스물아홉 살 때 처음 웹소설을 쓰기 시작했고, 지금은 두 권의 책을 냈어요. 쓸 때는 엄청 재미있는데 쓴 다음엔 재미가 떨어져요. 독자들의 반응도 없어요. 사실 첫 번째 책은 호불호가 엄청 있는 책이었거든요. 그래도 그 책은 조금 팔렸어요.

근데 두 번째 책은 덜 팔릴 거 같거든요.

웹소설에도 도서정가제가 시행된다는 이야기가 있잖아요. 출판 시장도 힘든데 신인 작가의 책은 제가 생각해도 잘 안 살 것 같아요. 할인을 많이 해줄 때는 사는 사람들이 그래도 좀 있었어요. 그런데 이제는 그게 사라졌잖아요. 도서정가제와 시장의 특수성 때문에 소비 시장이 얼어붙었고 앞으로 신인이나 인지도가 적은 작가들은 더 힘들어질 것 같아요. 이건 제가 어떻게 할 수 있는 문제가 아니잖아요? 그래서 그냥 그만두고 싶을 때가 많았어요. 그런데 어느 날 정신 차려 보면 이것만 써야지 하면서 계속 쓰더라고요.

사실 세상에 저를 좋아하는 사람이 별로 없는데요. 창작 활동을 하면서 저의 안 좋은 점을 숨길 수가 있잖아요. 창작 활동은 소통의 한 방식인데 자신을 드러내지 않고 할 수 있잖아요. 자신을 드러내고 그러는 건 튼튼한 정신을 갖고 있거나 연예인의 기질이 있는 사람이 할 수 있는 일이라고 생각해요. 저는 그렇지 못하고요. 그리고 좀 쑥스러운데 제가 재미있어하는 것을 다른 사람도 재미있어하면 참 좋은 것 같아요.

내가 할 수 있는 것부터 시작해야 해요

김연아 선수가 "무슨 생각을 해, 그냥 하는 거지"라고 말한 것이 기억이 나는데요. 저도 공감이 가는 게, 전에는 목표를 단순하게 잡고 하나씩 하면서 살았어요. 목표가 있었고, 내가 할 수 있는 일들을 단계별로 정해요. 그런 다음에 하나씩 해 나가는 거죠. 하지 않으면 아무것도 안 돼요. 그리고 갑자기 2단계를 하려고 해선 안 돼요. 반드시 내가 할 수 있는 것부터 시작해야 해요. 그런데 지금도 목표는 있긴 한데 사실 절실하지도 않고 솔직히 말해서 염증이 드는 거예요. 고등학교 때 서울대를 목표를 정할 수 있었던 이유는 서울대 가도 문제는 해결되지 않는다는 사실을 전혀 몰랐기 때문이에요. 조울증인 것을 알았을 때 단순해졌던 이유도 어차피 가족 간의 갈등은 해결되지 않을 거라는 것을 몰랐기 때문이에요. 그냥 내가 해결할 수가 없는 일이 있다는 것을 그때는 몰랐어요. 지금은 제가 해결할 수 없다는 걸 알기 때문에 염증이 나는 것 같아요.

지금은 그냥 크게 성공 안 해도 되니까 작가로서 살아남고 싶어요. 한편으로는 다른 일을 찾아보면 어떨까 하는 생각도 들고요. 당사자 활동가 쪽도 생각을 좀 하고 있거든요. 어차피 큰돈은 못 벌 것 같은데. 그냥 딱 이렇게 세금을 낼 수 있고 한 달에 볼 책 3권 정도 살 수 있을 정도로만 벌면 되는데 그러면은 이제 돈은 중요한 게 아니잖아요. 이제는 어느 쪽에서 보람이 있는지가 문제인데 글은 점점 메리트가 떨어지고 있어요. 그래서 쓰고 싶은 마음이 안 들어요. 글 쓰는 건 힘들지 않은데 제가 노력한다고 외부적인 상황을 해결할 수 없으니까요.

저는 소소하게 일상을 즐길 수 있는 사람이 되고 싶어요. 예전에는 소소한 일상 이런 것들을 하찮게 여겼거든요. 그런데 일단 몸을 씻고 아침에 제대로 일어나고 아침 점심 저녁 꼬박꼬박 챙겨 먹고 집 치우고 이런 것들이 별것 아닌 일이 아니었던 거죠. 이것을 제대로 할 수 있는 사람이 정말 드물어요. 그런 점에서 결혼해서 아이를 낳고 살아가는 사람들은 대부분 위대한 거죠.

저는 정신장애 당사자라는 인식을 가진 지 얼마 안 되었어요. 그냥 병일뿐이지 장애라고 생각하지 않았고 아직도 좀 거부감이 있어요. 그런 의미가 아니라는 사실을 알고 있음에도 장애라고 생각하면 치유 불가능한 그런 느낌이 드니까요. 제 병이 치료가 될 수 없다는 걸 알고 있지만, 그럼에도 불구하고 받아들이기 힘들더라고요. 그런데 제가 정신장애 당사자라는 용어를 쓰지 않으면 안 되는 부분이 있잖아요. 병이라고 말하면 개인의 문제가 되잖아요. 근데 예를 들어 어떤 사람이 병을 앓음으로 인해서 아무것도 할 수가 없다고 하면 누군가가 부양해야 하잖아요. 개인의 문제가 되면 이런 문제들을 해결할 수가 없어요. 이런 문제들을 제기하는 방법이라든가 전략이라든가 그런 것들을 더 생각해야 하는 거죠.

저는 제 인생의 전성기는 사실 넘어서 좀 길고 가늘게 왔으면 좋겠어요. 그리고 이왕이면 신체를 기계로 대체할 수 있는 세상이 될 때까지 오래오래 살고 싶어요. 농담 아니에요.

유현정

마인드라디오 방송국에서 당근조림 님을 처음 만난 날, 그는 지인에게 선물 받은 고급 과자를 함께 먹자고 했다. 명절 전이라 가족들과 함께 먹으라고 했지만 당근조림 님은 우리와 함께 먹고 싶다고 했다. 당근조림 님은 바람 님을 따라 방송국 구경하러 왔다가, 바로 마인드라디오 당사자 활동을 시작하기로 했다. 그리고 바로 방송 기획 회의를 함께 했다. 첫 만남부터 사람들과 소통을 잘하는 사람이라고 생각했다. 인터뷰를 하면서 당근조림 님이 받아온 인간관계의 어려움을 알았을 때 내가 본 모습과 달라서 의아했다. 지금의 모습은 몹시 노력한 결과라고 했다. 그래서 그의 삶이 더 궁금해졌다.

당근조림 님은 자신의 인생을 열성적으로 들려주었다. 특히 외할머니, 외할아버지의 기억을 이야기할 때는 매우 즐거워했다. 하지만 발병 후 20대의 기억은 거의 없다고 했다. 기억력이 매우 좋은 사람이었지만 20대의 삶의 기억은 의료기록과 학적부를 보고 퍼즐을 맞춰갔다. 그리고 청소년기의 기억과 아버지의 이야기를 할 때는 분노와 아픔이 묻어나기도 했다.

인터뷰 내용을 정리하면서 몇 번씩 원고를 볼 때, 매번 울컥한 문구가 있다.

— 그 목표가 어떤 서울대에 가는 거였나요?
: 아뇨, 공부는 아니었어요. 그냥 부모님한테 칭찬받는 거였죠. 어리석게도.

당근조림 님은 있는 그대로 자신을 사랑해 주고 인정해 주기를 바랐던 건 아니었을까. 어렸을 때부터 매번 목표를 세워 놓고 그것을 넘으면 문제가 해결될지도 모른다는 생각에 앞만 보고 최선을 다해 달려왔을 것이다. 그 목표를 넘어도 바뀌지 않은 현실에 실망하면서 자신을 아프게 했을지도 모른다.

자신의 이야기를 누군가에게 털어놓고 나눌 수 있었다면, 누군가 자신을 지켜줬었다면 발병이 되었을 때, 조금 덜 힘들지 않았을까. 자신의 삶의 한 부분을 통째로 기억을 잊을 만큼은 힘들지 않았을까 생각해 본다.

얼마 전 당근조림 님의 어머님이 갑자기 쓰러지셔서 응급 상황이 이어졌다. 그때 당근조림 님은 나에게 상황을 알리면서 자신이 어머님 간호를 해야 한다고 했다. 그리고 어머님 곁에서 간호를 했다. 구술 작업에서는 외할머니, 외할아버지를 간호했던 것처럼 자신의 부모님을 간호할 수 없을 거라고 했지만, 정작 부모님이 필요로 할 때 당근조림 님은 곁을 지켜드렸다. 인터뷰가 끝난 후 원고를 본 당근조림 님은 혹시나 자신의 이야기가 엄마에게 상처를 주지 않을까 걱정했다. 당근조림 님은 자신의 시선에서 바라본 이야기라는 것을 강조했다.

반년 동안 구술 생애사 작업과 마인드라디오 방송을 하면서 당근조림 님을 쭉 지켜봤다. 당근조림 님은 사람들의 부탁을 힘이 닿는 데까지 도와주려고 노력하고, 누군가 사람들에게 상처를 입는 모습을 보면 방관하지 않고 나서서 방어해 준다. 그리고 자신이 맡은 일에 최선을 다하려는 모습을 보여줬다. 당근조림 님은 지금의 자신은 증상이 많이 나타나지 않아서 괜찮은 모습을 보여준다고 했다. 또한 독립을 한 후, 자신의 일상을 돌볼 줄 알게 되었다고 했다. 삶을 살아오면서 겪은 다양한 경험들이 당근조림 님을 단단하게 해주었고, 앞으로는 덜 흔들릴 것 같다는 생각이 들었다.

당근조림 님은 정신장애 당사자 활동가로서의 고민을 하고 있다. 그는 마인드라디오 활동뿐 아니라 클럽하우스 등에서 당사자 활동을 시작하고 있다. 정신장애인 제도와 법을 바꾸는 것도 필요하지만 환청이나 망상 등 다양한 자신들의 증상들을 다른 사람들과 나누는 것이 더 중요하다고 생각한다. 당사자들이 직접 목소리를 내고 지역사회에 나옴으로써 정신장애인이 무섭고 두려운 존재가 아니라, 함께 살아갈 사람이라는 것을 알려야 한다. 정신장애 당사자들이 정체성을 인식하고, 목소리를 내어야 한다. 당근조림 님은 정신장애 관련 자료를 찾아서 정리하고, 자신의 경험과 함께 마인드라디오에서 열심히 목소리를 내고 있다. 이미 정신장애 당사자 활동가로서의 역할을 하고 있다. 많은 사람이 그 목소리를 들어주고, 지지하고 응원해 주기를 바란다.

마인드라디오가 걸어온 길,
그리고 걷고 있는 길

미디어, 정신장애 당사자들을 만나다

숨쉬는미디어교육자몽(이하 자몽)은 2010년 서울시 청년창업 지원 사업을 계기로 만들어진 '미디어 교육 강사 공동체'다. 자몽은 어린이, 장애인, 노인, 다문화 가족 등 우리 사회의 다양한 층위를 대상으로 문화 예술 교육 프로그램을 기획하여 교육한다. 그들과 함께함으로써 공동체 시민으로서의 삶을 공유하고자 하는 사람들이 참여하고 있다. 최근 들어서는 개발이라는 명분으로 대단위 아파트 단지들이 들어서면서 점점 사라져가는 마을 공동체적인 삶을 어떻게 복원할지 고민하며 마을 기반 문화 예술 프로그램들을 연구 기획하고 있다.

자몽은 2010년 송파구 정신건강증진센터가 의뢰하여 (사)마포공동체라디오(마포FM)가 진행하였던 '정신장애 당사자 라디오 방송 제작 교육'에 강사 및 교육 프로그램 지원을 요청받았다. 해당 프로그램 경험이 직접적 계기가 되어 자몽이 지원하고 정신장애 당사자들이 직접 만들어 가는 마인드라디오 방송을 시작하기로 하였다.

지금 생각하면 부끄러운 얘기이지만 교육 의뢰를 받을 당시, 다양한 경험으로 축적된 교육 콘텐츠의 양과 질에 대한 걱정은 없었다. 그러나 교육 대상자들이 가진 정신장애에 대한 정보를 많이 접해보지 않았던 탓에 '정신장애인들을 대상으로 교육이 제대로 진행될 수 있을까?' 하는 의구심이 아예 없지는 않았다. 이 때문에 교육을 준비하면서 그동안 갖지 않았던 긴장감이 약간 있었다.

그렇게 그들과 만나 수업을 진행하고 진솔한 얘기들을 나누면서 정신장애에 대해 조금씩 알아가게 되었다. 이 과정에서 라디오 방송이야말로 당사자들에게 정말 필요한 활동이라고 확신하게 되었다.

언론에서는 정신장애인들을 범죄자로 보도하고 있는데, 우리가 만난 그들은 결코 무섭거나 악한 존재가 아니었다. 우리와 동시대를 헤쳐 나오는 삶의 여정에서 가족, 또는 사회가 보듬어 안지 못한 사람이었다. 어쩌면 장애와 비장애의 경계선을 아슬아슬하게 벗어나 살고 있는 우리와 다를 바 없는 존재일지도 모른다. 하지만 사람들은 한 끗 차이로 어쩌면 본인도 넘었을지 모를 그 경계를,

선입관과 편견이라는 높다란 장벽으로 만들어 그 너머의 사람들을 낙인찍고 격리하려 한다. 그런 사회적 낙인은 그들이 자신들의 목소리는커녕 숨소리도 내지 못하게 하며 '투명 인간'의 삶을 강요하고 있었다.

언젠가는 편견과 낙인의 틀을 깨고 스스럼없이 나와 당당하게 "그래요, 저는 아파요. 그런데 여러분들은 괜찮아요?"라며 자신의 목소리를 낼 수 있는 날이 오리라, 반드시 만들어야 하리라. 그런 그들을 따뜻하게 품으며 "그래요, 당신은 아파요. 하지만 당신 잘못이 아니에요" 할 수 있는 날이 오리라.

이러저러한 노력이 쌓여 과거와 비교하면 조현병에 대한 우리 사회의 인식이 많이 나아지고 있는 것처럼 보인다. 하지만 아직도 당사자들이 자기 이름과 얼굴을 내밀어 자신들의 이야기, 더불어 살아가는 이웃들의 이야기를 편안하게 드러내놓고 하기에는 여러 상황이 편안치만은 않다. 그런 면에서 라디오 방송은 익명성을 전제로 하는 매체의 특성상 당사자 자신들의 얘기를 풀어낼 수 있는 장으로 큰 역할을 할 수 있을 것으로 생각한다.

자몽의 미디어 교육은 미디어 제작 교육을 넘어 사람들이 서로의 이야기를 나누고, 그 이야기를 토대로 다양한 생각과 활동의 공유로 나아가는 것을 목표로 한다. 그간 자몽의 프로그램에 참여한 사람들은 지식이나 기술의 전달 및 습득이 아닌 자신들의 이야기,

특히 잊고 있던 지난 삶의 기억을 소환하여 소통하고 기록하는 활동을 했다. 그 과정에서 성취 욕구 표현이 적은 당사자들은 목표가 생겨, 단절되었던 배움을 이어가거나 취직을 하는 등 일상생활에 긍정적인 변화를 경험했다고 한다.

이러한 경험을 토대로 우리는 마음이 아픈 사람들, 그중 '아무것도 할 수 없는 상태'에 놓여 세상 밖으로 나오길 꺼렸던 정신장애 당사자들과 함께 활동하기로 했다. 그들은 이 세상에 자신들의 이야기를 들어줄 사람은 없으리라 생각했고, 그래서 자신들의 이야기를 할 수 없었다. 가족, 친구 그리고 그 누구도 그들의 이야기에 귀 기울여주지 않았었다는 사실을 자신들이 너무나 잘 알고 있었기 때문이었다. 그래서 그들은 말했다.

"'네 잘못이 아니야'라는 말이라도 해주셨다면…"(당근조림)

"발병 사실을 털어놓았을 때, 건네준 위로가 나를 지켜준 8할의 힘이었어요."(바람)

"단짝 친구가 있었다면 편안한 느낌이 들 수도 있을 텐데"(초아나비)

정신장애 당사자들과 함께 활동하는 것은 우리의 의지만으로는 힘든 일이었다. 국가와 지방자치단체의 지원이 절실했다. 우리는 사방팔방 동분서주하며 이 사업을 지원해 줄 기관과 단체를 찾고,

각 기관에서 시행하는 지원 사업 프로그램을 검색해 제안서를 제출하며 사업을 시작하기 위해 힘썼다. 그 과정에서 지방자치단체는 물론 각급 관련 기관들을 찾아 취지를 설명하고 협조를 구하는 일에 게을리하지 않았다. 하지만 정신장애 관련 기관들에게 때로는 문화 예술과 미디어 교육에 대한 이해 부족으로, 때로는 재정적 부담으로 도움을 받기 어려웠다. 그런 노력의 끝에 서울시, 지역문화재단 등에서 지원하는 몇몇 사업에 선정되며 간난의 과정에도 불구하고 활동을 유지할 수 있었다.

그 과정에서 우리와 흔쾌히 협업해 준 마포FM, 마포·은평·서대문구 정신건강증진센터와 마포구에 있는 태화샘솟는집 등의 기관과 시설의 도움은 다시없을 큰 힘이 되어주었다. 송파구 정신건강증진센터는 교육 후 '한아름방송'을 자체 운영하면서 우리와 긴밀한 관계를 유지하기도 했다. 그런 도움과 협업이 기반이 되어 우리의 프로그램들을 확장할 수 있었다.

교육을 처음 시작할 당시 참여자들은 자신들의 이야기가 스피커를 통해 세상 밖으로 나가는 것이 신기하다며 귀를 기울였다. 그 당시의 이야기는 마포FM에서 송출되었다. 아무도 관심을 두지 않았던 자신들의 이야기를 들어주는 누군가가 있다는 사실에 당사자들은 매우 기뻐했다. 그 과정에서 당사자들이 느끼는 성취감과 쌓여가는 자신감은 우리에게도 충분히 느껴졌다. 전과 다른 긍정적 변화의 모습들이 눈에 보이기 시작했다.

하지만 기관에서 지원하는 대부분 사업은 그 특성상 1년간의 단발성 지원 사업이었고, 정해진 예산의 틀 내에서 운영하려니 꾸준한 콘텐츠 제작이 어려웠다. 우리는 활동의 지속성을 약속할 수 없었고, 중장기적 계획을 세우는 일조차 쉽지 않은 상황에 이르렀다. 매년 새로운 지원 사업을 받으리라는 보장은 더더군다나 기대할 수 없었다.

그런 어려움 속에서도 크건 작건 우리의 활동을 포기하지 않을 수 있었던 이유는 마포FM의 공간과 장비 지원, 서대문과 송파 정신건강증진센터의 프로그램, 태화샘솟는집 사회복지사들의 협업 등이 있어 가능했다. 그런 지원에 힘입어 소박하지만, 의미 있는 라디오 공개 방송을 열 수도 있었다. 그런 지지와 응원들로 우리의 라디오 방송을 지금까지 유지할 수 있었다.

마포FM은 정신장애 당사자들의 라디오 방송 제작을 적극적으로 지원, 지지해 주었다. 하지만 때때로 낯선 공간에서 온전히 편안함을 느끼지 못하는 당사자들이 있었다. 늘 사회의 편견 어린 시선을 느끼던 당사자들은 경험하지 못했던 환경에서, 비당사자들 사이에서 때때로 움츠러들었다. 정신장애 당사자들은 특성상 낯선 공간과 사람들에 적응하는 데 상대적으로 오랜 시간이 필요하다. 교육 과정 중 녹음이 필요한 경우에 강사들이 이동식 장비를 들고

센터의 조용한 공간을 찾아 간이로 녹음하기도 했다. 센터 내에서 이동해야 하는 상황 등 여러 가지 불편한 상황들이 반복되는데도 참여 당사자들은 어려워하는 기색 없이 활동 자체를 충분히 즐거워했다.

우리는 이들만의 공간을 마련해주고 싶었다. 여러 유관 기관의 문을 두드렸으나, 추가적 업무 부담 때문인지 "정말 하면 좋겠는데, 꼭 필요한데, 당사자들이 너무 좋아하시는데... 여력이 없네요"라는 답변이 돌아왔다.

우리가 직접 해결책을 찾아야겠다는 판단으로 2017년 서울시 주민 참여 예산에 정신장애 라디오 방송이 필요하다는 의견을 제안했다. 서울 시민들이 관심을 주면서 2억 원이라는 큰 예산이 배당되었다. 마포구로부터 예산을 받아 마포FM과 함께 진행하기로 했다. 서울시 25개 구의 정신건강 관련 기관을 중심으로 정신장애 당사자 교육 프로그램을 진행하면 우리가 기대하던 방송 제작의 지속성을 담보할 수 있는 당사자 활동가를 배출해 낼 수 있겠다는 희망을 품었다. 그렇게 배출된 활동가들은 지원이 끝난 후에도 교육과 실무 경험으로 축적된 기술을 활용해 마포FM에서 방송을 만들면 되겠다는 계획이었다.

그런 계획하에 2017년, 참여 기관을 모집하기 시작했다. 서울시 25개 구에 각 1개 기관을 지정하여 신청받으면 가능하겠다는 어쩌면 쉬운 판단이었다. 하지만 민간이나 공공의 정신건강 유관 기관에서는 미디어 제작 교육, 특히 라디오 방송 제작 교육을 낯설어했다. 기존에 진행하던 프로그램 대부분이 치료 목적의 단순 건강 프로그램 중심이었기에 우리의 라디오 방송 제작 프로그램에 대한 이해가 쉽지 않았다. 기존에 함께하던 기관들과 몇몇 기관이 더 신청하긴 했지만, 목표로 했던 25개 기관의 모집은 어려웠다. 우리는 프로그램 홍보 팸플릿을 들고 서울시 25개 구 기관을 직접 찾아다니며 설득하기 시작했다. 그동안의 결과물을 보여주고 설명한 끝에 22개 기관 23개 팀을 모집할 수 있었다.

교육을 담당할 강사 섭외는 순조로웠다. 그동안 우리와 함께 프로그램을 진행하며 인연을 맺었던 다양한 분야의 미디어 교육 강사들이 모였다. 장애인 대상 교육 경험이 많은 강사도 있었지만, '정신장애' 분야는 생소해 걱정하기도 했다. 그들과 함께 그동안의 경험을 공유하고, 우리가 개발한 커리큘럼과 워크북 교육을 진행했다. 또한, 정신건강증진센터 전문가들에게 '정신장애 기본 교육'을 이수했다.

그렇게 1년을 정신없이 25개 기관에서 프로그램을 진행하고, 연말에는 서울을 6개 구역으로 나눠 연합 공개 방송까지 진행했다. 대본 작성과 반복되는 연습에 당사자들은 다소 버거워했지만, 끝까지 함께 해주었다. 공개 방송이 처음인 참여자들은 자신들의 모습이 어떻게 보일지 상상하면서 열심히 준비했다. 팀별로 각자의 소속을 나타내는 머플러나 모자, 완장을 준비하며 공개 방송에 대한 기대를 보였다. 공개 방송 행사장에 교육 과정에서 만든 다양한 결과물들이 전시되고, 맛난 음식을 차려 함께 나누며 축제 분위기를 이끌었다. 각 팀이 공개 방송을 할 때마다 당사자들의 친구, 가족, 지인들이 관람객으로 와 응원했다.

우리는 방송 현장 속 사진으로만 당사자들의 표정을 확인할 수 있었다. 준비와 진행이 만만치 않았고, 찬란한 무대를 만들겠다는 생각에 공개 방송에만 집중했기 때문이었다. 사진 속 참가자들의 표정은 우리의 가슴을 다시 뛰게 했다.

"이런 경험과 소통, 공유가 절실히 필요하구나" 그리고 "이런 것들이 가능하구나, 할 수 있겠다"라는 강한 확신 드는 순간이었다. 2017년의 성과는 컸지만, 여전히 지속해 나갈 방법은 막막했다. 아무리 확신이 있고 의욕이 넘친들 우리의 힘만으로 할 수 있는 일은 아니었기 때문이었다. 그렇게 우리는 2018년을 준비했다.

서울시 '시민 참여 예산, 민관 시정 협치'의 안건으로 정신장애 당사자 방송국의 필요성에 대한 의견을 제출했다. 협치 과정은 아주 힘들었다. 끊임없이 담당 부서를 설득해야 했다. 서울 시민들과 시의원들의 지지를 받아 통과는 됐지만, 담당 부서의 반응은 처음이나 과정이나 좋지 않았다. 이 협의 과정이 10여 년 동안의 활동 중 가장 힘들었던 과정이었다.

민관 협치 사업은 민관이 함께 계획하고 진행하는 사업인데, 함께하기에는 힘든 점이 많았다. 담당 부서의 주무관은 자주 바뀌었고, 그때마다 우리는 사업 계획서를 들고 같은 설명을 수없이 반복하고 설득해야 했다(심지어 같은 주무관에게조차 설명을 반복하고 설득해야 했다). 우리의 이야기에 귀 기울여주는 사람은 없었고, 우리는 같은 일을 수없이 반복해야 했다. 시청 담당 부서는 '지속성' 문제로 해당 사업이 부적절하다며 포기를 반 강요했다. 우리의 계획을 필요로 하는 정신장애 당사자 시민들이 있고, 이 사업의 필요성에 공감해 손들어 준 시민들이 있고, 예산을 편성한 서울시의회가 있었지만 정작 집행해야 할 담당 부서는 흔쾌히 받아주지 않았다.

담당 부서 주무관과 제대로 된 협의조차 못 해본 채 정해진 민관 협치 조정 기간이 지나가 버렸다. 사업 선정 단체와 담당 부서가 함께 기획하고 조율하는 워크숍 일정 동안 우리는 책임 부서의 담당자 없이 앉아 당혹의 시간을 견뎠다. 우리마저 자리를 지키지 않는다면, 정신장애 당사자 방송국은 이제 물거품처럼 사라져 버릴 것이므로. 민관 협치 담당자들은 담당 부서에 사업이 배정되었지만, 사업 진행까지 강요할 수는 없다고 했다. 사업자 선정을 위해 서둘러야 했지만, 부서 담당자는 외부 교육, 휴가 등으로 자리를 비웠고, 그때마다 우리는 하염없이 기다려야 했다.

우여곡절 끝에 마침내 담당 부서의 팀장을 만나면서 사업을 진행할 수 있었고, 서울시 정신건강증진센터의 오디오 콘텐츠 제작 담당자들과 논의할 수 있었다. 논의 결과, 조건부 선정으로 당사자들의 방송 공간을 구축하고, 운영 매뉴얼을 만들어 사업 종료 후 서울시 정신건강증진센터로 이관해 이어간다는 것이었다. 우리는 흔쾌히 동의했다. 애초부터 우리가 원했던 것은 민간이 아닌 서울시에서 미디어 제작 활동 공간을 운영해 주는 것이었기 때문이다. 연초에 예산이 지급되어 사업을 시작해야 했지만, 7월이 되어서야 사업을 시작할 수 있었다. 연말까지 6개월 안에 방송국 공간을 구축하고, 교육을 진행하고, 교육 이수 후 방송 제작을 담당할 당사자 활동가들을 배출해야 했다.

우선 공간을 찾아야 했다. 책정된 예산에서는 보증금을 지출할 수 없으니 공간 찾는 일이 쉽지 않았다. 불광동 서울혁신파크의 공간을 둘러보면서 넓고 쾌적해 정신장애 당사자들이 활동하기에 더할 나위 없는 환경이었다. 서울혁신파크에서는 서울시 담당 부서의 요청이 있다면 공간 지원이 가능하다고 했다. 반가운 마음에 서둘러 담당 부서에 요청했지만 어렵다는 답변이 돌아왔다. 우리는 더 적극적으로 담당 부서를 설득하여 서울혁신파크 공간 지원을 협의해 주길 바랐지만, 담당 부서의 요청조차 제대로 이뤄지지 않았다.

그런데 뜻이 있는 곳에는 길이 있는 걸까? 운 좋게 지인을 통해 강서구 염창동 빌라의 공실 한 층을 쓰게 된 것이다. 9월에 공간이 확정되면서 우리는 공사를 진행하고, 필요 물품들을 채워갔다. 안정적으로 방송을 진행할 수 있는 공간과 당사자 활동가들이 편히 쉴 수 있는 쾌적한 환경을 만들었다.

우리는 지난 10여 년간 정신장애 당사자들이 목소리를 낼 수 있는 활동을 지속해 왔다. 방송을 통해 정신장애인들이 무섭거나 두려운 존재가 아닌 우리 주변의 이웃으로 인식되길 바랐다. 그래서 사회 구성원으로 함께 살아가는 모습을 꿈꿨다.

2019년 11월 12일, 마침내 마인드라디오 방송국 개국식을 했다. 많은 정신장애 당사자의 목소리를 정기적이고 안정적으로 방송할 수 있는 환경이 마련된 것이다. 그렇게 시작된 방송 활동을 통해 정신장애인의 회복과 인권 개선에 도움이 된다는 사실을 알게 되었다. 우리가 할 수 있는 것들을 다했고, 성과도 보였다. 정신장애인들이 스스로 주제를 정하고, 토론하여 대본을 완성하고, 방송을 제작하고 송출하는 일이 가능하다는 사실, 그래서 우리 정신장애인 당사자들이 여러분의 곁에 있다는 사실을 세상에 알렸다.

여기까지 하면 국가나 지방자치단체, 장애인 관련 기관에서 우리 사업의 취지와 성과를 인정하여 자신들이 나서서 이어갈 줄 알았다. 그리고 우리는 우리가 하고자 했고, 그전까지 해왔던 문화예술 활동으로 돌아갈 수 있을 줄 알았다. 시민참여예산으로 지원받은 비용은 당사자 활동비와 공간 운영비였고, 운영진의 인건비는 전혀 책정되지 않았다.

하지만 2019년 사업 연한을 마무리하면서도 서울시와 이후의 일정 관련해서 어떤 협의도 할 수가 없었다. 서울시 정신건강증진센터에서는 예산 부족으로 마인드라디오의 장애인 당사자 활동가 중 최대 3~4명에 한해 수용할 수 있을 뿐, 방송국 공간 운영을 위한 여력은 없다고 했다.

애초 민관 시정 협치 사업의 조건이 '우리가 운영을 시작해 매뉴얼을 구성하면, 서울시 정신건강증진센터에서 마인드라디오 방송국을 이관해 운영하는 것'이었는데, 지금 와서 할 수 없다고 했다. 또다시 우리가 직접 당사자 활동가들과 함께 마인드라디오 방송국을 운영할 방법을 찾아야만 했다. 뾰족한 방법은 없었다. 그동안 같이해 왔던 당사자 활동가들과 대책 없이 결별할 수는 없었다. 그것은 그들 마음속에 또 하나의 상처를 새기는 일임을 알기에. 결국, 우리 운영진 스스로 비용을 충당해 운영하기로 했다.

말하기 좋아하는 사람들은 우리더러 금수저라 그 비용을 감당하며 운영이 가능하다고 이야기하기도 했다. 하지만 우리는 모두 프리랜서 강사일 뿐, 정기적으로 수입이 있는 사람은 없었다. 더 더욱 금수저는, 은수저도 아니었다. 의무와 열정과 헌신이, 그리고 과정에서 함께한 당사자 활동가들의 눈과 마음이 우리를 그리로 이끌었다.

2020년 1월, 전 세계를 몰아친 코로나19 팬데믹은 우리라고 피해 가지 않았다. 우리가 진행하기로 되어 있던 외부 강의들이 줄줄이 취소되기 시작했다. 외부 강의로 얻은 수입으로 마인드라디오 운영을 이어가려 했는데, 상황은 우리를 더욱 어렵게 몰아갔다. 이렇게 문을 닫을 수는 없었다. 어떻게든 운영하기 위해 당사자 활동가들의 이해를 구하며 최소한의 활동가로 운영하며 지출을 아껴야 했다. 그렇게라도 당사자 활동가들이 진행하던 방송을 이어가야만 했다. 그래야 나중에 행여 누군가가 마인드라디오를 이어갈 희망을 품을 수 있을 테니.

힘들게 봄을 넘기고, 여름을 넘기고, 가을을 맞이했다. 코로나19는 잦아들 기미가 보이지 않았다. 당사자 활동비는 더는 지급하지는 못하지만, 마인드라디오의 뜻에 공감하는 당사자 활동가들이 라디오 방송과 유튜브 방송 제작해 당사자들의 이야기를 세상에 내보냈다.

그렇게 마인드라디오는 총 1,145일 동안 400여 개의 이야기를 세상에 내보냈고, 2022년 12월 30일 마지막 방송을 했다. 여러 어려움이 있었지만 국내 뿐 아니라 해외에서도 보내준 응원 덕분에 잘

버텨왔다. 그동안 마인드라디오에 귀를 기울여준 청취자와 어려운
상황 속에서도 애써준 당사자 활동가들에게 감사한 마음을 전한
다. 함께한 시간과 경험이 모두에게 오랫동안 잊히지 않기를 바라
는 마음이다.

정신장애인들의 삶을 나누고 그들의 사회 복귀를 위해 때로는
스쳐 가기도, 오랫동안 서로를 살피기도 하며 10년을 함께해 왔다.
정신장애 당사자들의 이야기가 세상에 나오게 되어 정말 기쁘다.
어렵게 꺼낸 그들의 이야기에 많은 관심과 따뜻한 시선 부탁드린
다. 믿고 함께 해준 빈빈책방 출판사에 고마움을 전한다.

- **장지훈** | 문화 예술을 통한 마을 놀거리를 기획하며 '잘 놀고 싶은' 미디어 교육 강사. 어쩌다 만들어진 숨쉬는미디어교육자몽의 대표이자 마인드라디오 방송국을 운영했다.
- **유현정** | 일상을 기록하는 생활 사진가. 일상을 조금 더 즐겁고 가치 있게 살고 싶어 숨쉬는미디어교육자몽에서 활동했다. 정신장애 당사자들의 목소리를 낼 수 있도록 마인드라디오 방송을 만들었다.
- **권우정** | 미디어 교육가, 때로는 다큐멘터리 제작자. 어렸을 때는 예술가와 예술 교육가로서의 두 가지 정체성에 대해 늘 혼란스러워했으나 이제는 구분 짓기보다 둘 사이의 접점을 즐기는 유연한 '어른'이 되고자 노력하고 있다.
- **김지혜** | 사람에게 신뢰를 잃고 혼란스러울 때 만난 당사자들의 이야기에 다시 사람과 연결되고 싶어 그들과 함께했다. 누군가의 이야기를 들어주고 기록하는 것이 어렵지만 좋다.
- **김진열** | 사회적 약자들의 삶을 기록하는 다큐멘터리 작업자. 사회적 약자들이 스스로 자신의 삶을 기록하고 발화할 수 있도

록 곁을 지키는 교사로 활동했다.

- **이명희** | 오래전에 나를 찾아 길을 떠났으나 아직도 헤매는 중이다. 그 길에서 어린이들과 글 놀이를 하고 시와 동화를 짓는 일에 빠져 있다. 전문 작가가 아니니 그저 글을 좋아하는, 글을 짓는 사람이라 하겠다.

- **주로미** | 기록에서 배제되었지만 끈질기게 자신의 삶을 일궈내려는 사람들의 이야기에 관심이 많은 늦깎이 다큐멘터리 감독. 현재 다큐 제작 집단 '상구네'에서 활동하고 있다.

어느 날 속삭이는 소리가 들리기 시작했습니다

세상과 교감하고 싶은 정신장애 당사자들의 속 깊은 이야기

초판 1쇄 발행 2023년 9월 13일

인터뷰　　숨쉬는미디어교육자몽
　　　　　　권우정 | 김지혜 | 김진열 | 유현정 | 이명희 | 장지훈 | 주로미
펴낸이　　박유상
펴낸곳　　빈빈책방(주)
편집　　　배혜진 · 정민주
디자인　　기민주

등록　　　제2021-000186호
주소　　　경기도 고양시 덕양구 중앙로 439 서정프라자 401호
전화　　　031-8073-9773
팩스　　　031-8073-9774
이메일　　binbinbooks@daum.net
페이스북　　/binbinbooks
네이버 블로그　/binbinbooks
인스타그램　@binbinbooks

ISBN 979-11-90105-59-0(03810)